COLLECTION FOLIO

Pierre Raufast

La baleine thébaïde

Gallimard

Né en 1973 à Marseille, Pierre Raufast est diplômé de l'École des mines (Nancy). Ingénieur, il vit et travaille à Clermont-Ferrand. Son premier roman, *La fractale des raviolis* (« Talent à découvrir Cultura » 2014), a remporté un vif succès public. Depuis ont paru *La variante chilienne* (2015), *La baleine thébaïde* (2017) et *Habemus piratam* (2018).

À mon père et ma mère.

« La science expliquera tout et nous n'en serons pas éclairés. Elle fera de nous des dieux ahuris. »

Jean ROSTAND

Certaines choses racontées dans ce roman sont vraies.

PARTIE I

PREMIÈRE SOLITUDE : RICHEVILLE PARLE

Ô mères, coupables absentes,
Qu'alors vous leur paraissez loin !
À ces créatures naissantes
Il manque un indicible soin ;

On leur a donné les chemises,
Les couvertures qu'il leur faut :
D'autres que vous les leur ont mises,
Elles ne leur tiennent pas chaud.

Mais, tout ingrates que vous êtes,
Ils ne peuvent vous oublier,
Et cachent leurs petites têtes,
En sanglotant, sous l'oreiller.

René François SULLY PRUDHOMME,
Première solitude

SANTA BARBARA

Le vendredi 26 août de l'an dernier, la diva hollywoodienne Eva S. et le sénateur républicain Saul B. eurent une relation sexuelle épicée dans la piscine d'une superbe villa de Santa Barbara en Californie.

Cet ébat aquatique, à dix mille kilomètres de chez moi et dont les protagonistes m'étaient totalement inconnus, dévasta ma vie. Je dus renoncer à ma start-up et revenir, ruiné, dans la vallée de Chantebrie, chez ma grand-mère, qui s'est claquemurée au temps du Général. Tristes perspectives.

Si l'eau avait été plus froide, ces deux-là se seraient contés fleurette à l'intérieur, sur le sofa.

Si la veille, Saul B. avait rejoint sa maîtresse japonaise plutôt que d'aller à ce gala de charité, il n'aurait pas connu Eva S.

Et si le nez de Cléopâtre avait été plus court, nous vivrions certainement dans un monde meilleur.

L'uchronie est un genre très contesté parmi les historiens. Il y a trop de futurs possibles dans le conditionnel passé première forme.

Je vais donc me contenter de décrire les faits, tels qu'ils se sont réellement passés.

Cette histoire extraordinaire commence cinq ans avant ce jour où Saul visita Eva. L'année de mes vingt-trois ans.

CERGY-PONTOISE

Cette année-là, moi, Richeville, je décrochais le diplôme de l'ESSEC, cette grande école de commerce de Cergy-Pontoise. J'avais intégré cet établissement par le hasard des concours, après deux classes préparatoires intenses. Ce n'était pas par vocation : j'ai autant la fibre commerciale qu'une sardine a la passion de l'alpinisme. Durant ma scolarité, je n'avais fait que suivre le courant. Les choix se firent de façon implicite, sans que je m'en rende compte. Petit à petit, le filet se resserrait. En terminale, au vu de mes brillants résultats scolaires, mes professeurs me proposèrent de continuer dans le même établissement, dans la prestigieuse cour d'à côté, celle des classes préparatoires. Ma mère, indifférente depuis un certain temps, ne s'y opposa pas. Mon beau-père approuva par commodité. Je travaillais, dormais et travaillais. Du français, de l'économie, des mathématiques, de l'anglais, de l'espagnol, de la culture générale. J'appris autant en deux ans qu'en cent trois. Le PIB du Mozambique est de quinze milliards de dollars, soit sept fois moins que le chiffre d'affaires d'IBM. Le théorème de Rolle ne s'applique qu'aux fonctions réelles. Les économistes postkeynésiens prônent l'analyse circuitiste et l'endogénéité de la monnaie.

Une fois le concours réussi, j'oubliai tout en quelques mois : le bonheur ne s'embarrasse pas d'un tel savoir.

En septembre, après avoir quitté la verte vallée de Chantebrie pour m'installer dans le gris campus de Cergy-Pontoise, je rejoignis cinq cents nouveaux camarades pour partir à la montagne en semaine d'intégration. Menés par une poignée d'extravertis flamboyants, ces quelques jours furent placés sous le signe d'un totalitarisme forcené : bonne humeur impérative, alcool fort obligatoire, musique à fond jusque tard dans la nuit.

— Vous avez réussi un des concours les plus difficiles de France, amusez-vous, enivrez-vous, c'est un ordre ! clamait un certain Martial, qui menait sa petite guerre : coucher avec le plus de premières années possible. Dur diktat pour un introverti comme moi.

Je n'aimais pas la vulgarité de ces rassemblements. L'image de ces filles ivres mortes baignant dans leur vomi me désolait.

Il fallait faire semblant : entrer dans le rang.

Commencer ce gigantesque travail de formatage. Les deuxièmes années reproduisaient le schéma de leurs aînés. Le bizutage est l'étape initiale du calibrage des esprits. Il faut mater les libres penseurs, expier nos honteuses nuits de travail... Danser ivre et nu sur la table est un rite de passage exigé par la divinité économique qui fera de nous, peut-être, des gens riches et puissants. Ainsi soit-il.

Le bureau des élèves avait les moyens d'alcooliser toute la promotion. Pourquoi s'en priver ? Dans ce milieu, seul l'argent fixe les limites.

Après deux années en apnée parmi les plus grands théoriciens du siècle, ces premières semaines s'apparentaient à une remontée trop rapide. Pas de palier de décompression. Les accidents de désaturation guettaient chaque élève. Il fallait « s'éclater », « profiter ». La majeure partie d'entre nous craquait par excès de mauvais sexe et d'alcool fort.

Je me réfugiai dans les douze mètres carrés de ma chambre. Je ne sortais que pour les cours. La ruche bouillonnait autour de moi. Les êtres s'excitaient, s'articulaient, copulaient frénétiquement ; je n'en avais cure, ne comprenant pas ce que je faisais ici. Je baissais l'échine et me plongeais dans mes cours. Le travail est le fidèle compagnon des solitaires. Ainsi, j'étais invisible, évitant le tourbillon de mes semblables.

Les écoles de commerce sont un bagne pour les timides et les taciturnes. Aucun professeur ne m'avait mis en garde.

Je fis la connaissance de Baptiste, un jeune Briviste. Certains soirs, nous jouions au go en silence. Nous partagions nos lectures et allions de temps en temps au cinéma. Nous parlions peu. À quoi bon ? Nous étions seuls, mais à deux, ce qui est davantage supportable.

Baptiste s'inscrivit à l'association « Ingénieurs sans frontières » de l'école voisine. Il y consacrait la majorité de ses week-ends. En troisième année, il partit en stage au Niger, superviser la création d'un système d'irrigation d'un site maraîcher, le rêve de sa vie. Il ne revint jamais. C'est sans doute sa passion qui me donna le goût de l'humanitaire. Sans Baptiste, je n'aurais jamais embarqué sur l'*Hirundo*.

LA BALEINE BLEUE

J'obtins le diplôme au bout de trois longues années.

Dans ma promotion, un tiers voulait devenir banquier par amour de l'argent. Un autre tiers visait l'ENA pour la puissance. Le dernier tiers se rêvait consultant dans l'un des *big four* pour devenir riche et puissant. Je faisais partie du quatrième tiers, le tiers honteux : celui qui n'avait aucune ambition. Le renégat du commerce, l'apostat du management. Autant vous dire que j'étais aussi populaire qu'une reine Bothriomyrmex chez les fourmis Tapinoma.

Mes camarades auraient vendu père et mère pour réussir leurs rêves. Impossible pour moi. Mon père était mort par accident quand j'avais à peine deux ans, broyé dans un camion poubelle. Ma mère, encore jeune, se remaria rapidement avec un riche quinquagénaire. J'avais quatre ans.

Mon beau-père possédait une grande demeure datant du XIXe siècle dans la vallée de Chantebrie.

La journée, je jouais dans le parc ou me promenais en tricycle dans les grands couloirs tapissés de velours. J'étais un enfant très autonome. À vrai dire, je n'avais guère le choix.

Les nouveaux mariés avaient conquis l'aile est de la maison. On y trouvait la suite parentale, une salle de bains, une chambre d'amis, une bibliothèque, un dressing et un bureau. Moi, j'étais parqué dans l'aile ouest, séparé d'eux par l'immense salon, une deuxième salle de bains et une chambre inoccupée. La nuit, je me cachais sous les couvertures, persuadé que des générations de fantômes avaient élu domicile dans l'aile où je vivais.

Réveillé par des cauchemars récurrents, j'appelais ma mère. Hélas, ma petite voix ne franchissait pas les nombreuses portes qui nous séparaient. Jamais elle ne m'entendit. Je criais dans le vide, je hurlais. Sans réponse. Sans aide. Jamais je n'osais me lever en pleine nuit et traverser le long couloir sombre orné de vieux tableaux. Sitôt un pied hors des couvertures, je sentais le souffle de vingt générations d'âmes damnées. Je m'égosillais, pleurais de rage sans qu'aucun bruit vienne rompre ce désert de solitude. Seul le morne tic-tac de l'horloge comtoise du salon me répondait. « Mère, pourquoi m'avez-vous abandonné ? » Ma solitude diurne me condamnait à l'autonomie, ma solitude nocturne aux plus grandes frayeurs.

Quand, au petit matin, je racontais mes phobies, mon beau-père, rassasié par une nuit d'amour avec sa jeune femme, me passait la main dans les cheveux :

— Allons, un grand garçon comme toi ne doit pas avoir peur, hein ?

Ma mère me faisait les gros yeux.

— Enfin mon chéri, tu sais bien que nous ne sommes pas loin. Tu n'as pas besoin de m'appeler toutes les cinq minutes. Il faut dormir, la nuit.

De cinq à neuf ans, je fus orphelin de nuit. Je finissais toujours par m'endormir de fatigue. Hurler libère des endorphines.

À partir de dix ans, mes terreurs nocturnes s'espacèrent, pour disparaître définitivement à l'adolescence. Ma connaissance du monde me fit progressivement comprendre que j'étais tout juste toléré dans cette famille. Intuition confortée par la naissance des jumeaux. La chambre d'amis de l'aile est fut aménagée pour les y accueillir dès leur naissance. « Comme ça, m'avait ingénument déclaré mon beau-père, ta mère pourra les entendre pleurer la nuit. » Désormais, les choses étaient claires. Il y avait cette famille, et moi.

Chaque jour, en sortant les poubelles, je repensais à mon vrai père. Je me demandais ce qu'aurait été ma vie sans ce bizarre accident que jamais ma mère ne m'expliqua. Pour mes neuf ans, mon beau-père m'avait offert un camion poubelle jaune. Je me suis toujours demandé si c'était de la provocation, de l'ignorance ou juste de la bêtise.

J'ai huit ans d'écart avec mes demi-frères. Dans les faits, je les fréquentais très peu. À onze ans, j'entrai en sixième en pension complète, dans un collège de la vallée de Chantebrie, à une vingtaine de kilomètres de la propriété. Je ne rentrais qu'aux vacances scolaires, découvrant des gamins turbulents qui me considéraient comme un vague oncle de passage. Après tout, pourquoi pas ? Il n'est écrit nulle part qu'un homme a besoin d'avoir une enfance heureuse pour réussir sa vie. C'était mon credo. L'écrivain Richard Wright eut une enfance difficile : petit-fils d'esclaves dans le Mississippi du début du XXe siècle, il fut abandonné par un père alcoolique. Cela ne l'a pas empêché d'écrire ses romans, de fréquenter Sartre et Camus. J'entretenais ainsi une flammèche d'espoir.

J'avais une presque amie avec qui je discutais parfois. Une voisine aussi vieille et ridée qu'une tortue, veuve depuis toujours, qui possédait un très vaste potager. Pourtant, elle ne mangeait que très peu de légumes. Toute sa récolte était destinée au voisinage. Enfant, je la croyais généreuse. Elle se levait aux aurores, bêchait et cultivait pour les autres. Je compris plus tard qu'elle était finalement comme tout le monde : centrée sur ses malheurs et sur son propre intérêt. Les légumes n'étaient qu'un alibi pour parler avec ses voisins et rompre sa solitude.

Armée de ses paniers, elle passait le plus clair de ses journées à faire du porte-à-porte et à distribuer généreusement sa récolte.

— Je vous apporte des courgettes.

— Merci, Antoinette, elles sont bien belles.

— Il faut dire qu'avec tout ce beau temps…

— Oui, on a été gâtés.

— Et ce fils ? Il est rentré de Paris ?

— Oh, ne m'en parlez pas. Il m'a joué un de ces tours…

— Ah bon ? Mais quoi donc ?

Et c'était parti pour une demi-heure de commérages, qui alimenteraient à leur tour les conversations suivantes. Cela valait bien quelques poireaux et deux courgettes.

Les légumes comme monnaie d'échange contre la solitude, pourquoi pas ? Je n'ai jamais su si les voisines étaient dupes de ce troc implicite. Peut-être se jouaient-elles de la vieille en racontant des salades en échange de radis ?

Enfant, j'aimais les fraises. Elle m'en apportait de petits saladiers qu'elle ne sucrait pas, puis m'interrogeait sur ma mère, mon beau-père. Comment ça se passait à la maison ? Avec l'âge, elle m'a progressivement délaissé : je n'avais plus rien à lui apprendre.

Mon diplôme de commerce en poche, je cherchai du travail. Je n'avais aucune envie de porter une cravate sombre et de travailler pour une banque ou un cabinet d'audit. Sans doute par ignorance, l'industrie, les médias ou l'enseignement ne m'intéressaient pas davantage. Que faire ?

Comme beaucoup de jeunes hommes idéalistes, je voulais donner du sens à mon travail et à ma vie. Trouver enfin quelque chose d'utile à faire, au-delà des rêves de mes camarades : gagner plein de fric, acheter une grande maison, posséder une belle voiture, une femme sophistiquée et docile.

À cette époque, j'étais encore en contact avec Baptiste, qui travaillait toujours au Niger. Il s'était laissé pousser la barbe, avait retroussé ses manches et était salarié d'une ONG locale. Il avait des idéaux, aidait les gens et je l'admirais pour cela.

En octobre, je lus une petite annonce intrigante dans *Libération*, à la rubrique « recherche d'emploi » :

Elle appelle dans un sempiternel silence. Baleinier recherche matelot pour expédition scientifique dans l'océan Pacifique nord. Débutant aimant thébaïde bienvenu.

Thébaïde. Le mot me plut. « Lieu sauvage, isolé et paisible, où l'on mène une vie retirée et calme », selon le dictionnaire. Un poème de Théophile Gautier me revint à l'esprit.

Mon rêve le plus cher et le plus caressé,
Le seul qui rit encore à mon cœur oppressé,
C'est de m'ensevelir au fond d'une chartreuse,
Dans une solitude inabordable, affreuse ;
Loin, bien loin, tout là-bas, dans quelque Sierra
Bien sauvage, où jamais voix d'homme ne vibra,
Dans la forêt de pins, parmi les âpres roches,
Où n'arrive pas même un bruit lointain de cloches ;
Dans quelque Thébaïde, aux lieux les moins hantés, [...]

Cette annonce originale et poétique m'intriguait. Je répondis le lundi et fus convoqué pour le jeudi. L'entretien se passa dans un café du VIIe arrondissement de Paris. Une dame charmante, à l'accent sud-américain, vêtue d'un tailleur chocolat très élégant, m'accueillit.

Il s'agissait d'embarquer sur l'*Hirundo*, un bateau affrété par un laboratoire scientifique pour rechercher la fameuse « baleine 52 ».

Je n'avais jamais entendu parler de cette baleine. La dame n'était pas pressée, visiblement. Elle commanda un second café et se lança dans des explications détaillées.

— C'est une baleine bleue unique au monde

qui chante à une fréquence de cinquante-deux hertz, là où toutes ses camarades chantent entre douze et vingt-cinq hertz.

Pour un béotien comme moi, cela ne signifiait pas grand-chose. La recruteuse m'expliqua alors la portée dramatique de cette différence.

Les baleines chantent pour retrouver leurs congénères et pour s'accoupler. L'océan est vaste, mais leur chant porte loin. Elles se retrouvent ainsi. Cette baleine 52 n'émettait pas à la bonne fréquence. Aussi, aucune autre baleine dans l'océan ne percevait ses appels. Elle criait depuis des années dans le vide, solitaire et abandonnée de ses pairs. Paradoxalement, malgré son chant, personne n'arrivait à la localiser.

Elle sillonnait l'Atlantique nord depuis 1989. Les scientifiques américains s'étaient d'abord interrogés sur l'origine de ces ondes : un sous-marin russe ? Une sonde ? Un animal marin inconnu ? Le suivi de ses mouvements sur plusieurs saisons et sur des milliers de kilomètres permit d'identifier le comportement d'une baleine bleue. Année après année, la fréquence de son chant diminua légèrement, signe caractéristique du vieillissement d'un être vivant. Mais alors, comment expliquer sa différence ? Était-ce une nouvelle race jusqu'alors inconnue des hommes ? Était-ce un hybride de rorqual ? À cette époque, les scientifiques n'avaient pas de réponse.

La baleine 52 était déjà une star aux États-Unis, ce qui n'était pas le cas en France. Son isolement, largement médiatisé et scénarisé, avait ému des millions d'Américains. Des documentaires télévisés larmoyants racontaient sa solitude et ses complaintes ignorées lancées depuis les profondeurs de l'océan.

Tout ce battage médiatique avait facilité la collecte de fonds pour des missions de repérage afin de comprendre quel mystère se cachait derrière une telle anomalie de la nature. Mettre autant d'argent, de moyens et d'énergie dans la recherche d'une baleine unique en dit beaucoup sur notre voyeurisme et notre goût du spectacle. *Ecce homo. Ecce balœna.* La destinée tragique des autres nous fascine. À mon tour, je succombai au piège. J'éprouvai de l'empathie pour cette baleine. Je ravalai mes larmes. Ne pas montrer ma sensibilité à la recruteuse.

L'*Hirundo* était un bateau affrété par le Samaritano Institute of Research. Sa mission était de retrouver la baleine 52 et de lui placer un traceur GPS sous-cutané pour suivre ses déplacements ultérieurs.

— Le baleinier part pour une campagne de six mois au large de l'Alaska. Une occasion unique pour un jeune homme de voir du pays et de contribuer à une noble cause écologique, me dit la femme au tailleur chocolat qui avait perçu ma mélancolie.

Je repensai en souriant à Baptiste et à son ONG. La femme ajouta que le Samaritano Institute of Research était un prestigieux centre de recherches brésilien, dirigé par le célèbre Dr Álvarez. À ce funeste nom, j'aurais mieux fait de réagir. Malheureusement, cet homme et ce laboratoire m'étaient, à cette époque, inconnus.

Nous tombâmes rapidement d'accord. Les conditions proposées étaient correctes et j'aimais déjà cette baleine sœur. Le départ aurait lieu dans un mois.

CAP NOME, ALASKA

Nous avions rendez-vous à Nome, charmante bourgade de pêcheurs à l'extrême pointe ouest de l'Alaska.

J'y arrive la veille au soir, après un voyage exténuant de vingt-quatre heures : Chantebrie-Paris en train (3 h 30). Puis, une succession d'avions de plus en plus petits : Paris-Chicago (8 h 33), Chicago-Anchorage (6 h 04). Anchorage-Nome (1 h 30 dans un coucou à hélices d'une dizaine de places, signe pour moi du début d'une grande aventure).

Des maisons en bois, des toits fumants et recouverts de neige, une église qui surplombe le tout. Le froid mordant. Nome a des allures de village montagnard enneigé alors qu'il s'agit d'un port, au niveau de la mer. C'est étonnant. Une ville de trois mille âmes, avec des rues à l'américaine bien alignées comme les rayures d'un zèbre. Une devanture de saloon en bois « Nome's oldest saloon, since 1900 » avec une enseigne lumineuse rouge Budweiser dont le w, défaillant, clignote. Dans ce bout du monde, j'avais tout de même pu réserver une chambre par Internet. Quelle magie.

J'entre. Il fait divinement chaud.

Ma chambre se trouve à l'étage. Pas le grand luxe, mais, après un tour d'horloge complet en avion, je suis satisfait. J'y monte mon sac à dos et redescends boire une bière. Dans la pénombre, je devine quelques personnes assises autour de tables rondes. Tout y est calme. Les regards convergent sur la télévision qui diffuse dans un angle de la pièce un match de base-ball. Un silence éloquent : les gens de Nome ne sont pas là pour s'exhiber, discuter ou chercher à faire des rencontres ; ils obéissent à leur nature, à la fois solitaire et grégaire. J'espérais reconnaître Eduardo, mon contact. Depuis mon départ, je l'imaginais trapu, la soixantaine alerte, la barbe plus sel que poivre, vêtu d'un vêtement blanc rayé de bleu et fumant une pipe de terre. Personne, ici, ne répond à ce signalement. À vrai dire, personne n'a l'air d'un marin. La serveuse qui m'a servi tout à l'heure a esquissé un sourire (oh, pas une invite : depuis ses seize ans, elle a appris à se garder des importuns – plutôt un sourire moqueur). Trois dollars, et elle retourne dans la partie sombre de son territoire jouer avec son téléphone. Mon pull marin en laine a dû l'amuser. Je suis le seul à m'être déguisé en capitaine Haddock.

À ma mère, j'avais raconté que j'embarquais sur un navire pour une mission scientifique, laissant planer un doute flatteur sur mon rôle et sur la taille de l'équipage. En vérité, je suis sur l'*Hirundo* en qualité de mousse et il ne s'agit que d'un baleinier de quatre personnes. Pas fameux, au sortir d'une grande école de commerce. Mais je pensais que cette expérience serait formatrice. Je n'étais jamais monté sur un bateau, ni n'avais parcouru le vaste monde. Je ne savais pas faire de vrais nœuds marins et j'ignorais tout du code maritime. Devant ma chope vide, cette bizarrerie me vint à l'esprit : mon élégante recruteuse ne m'avait posé aucune question sur mes connaissances maritimes.

Mais pourquoi trop réfléchir ? L'alcool et la fatigue aidant, voici que je laisse mon esprit vagabonder. Je me prends peu à peu pour l'Ismaël de Melville : « Rien ne me retenant à terre, je songeai à naviguer un peu et à voir l'étendue liquide du globe. C'est une méthode à moi pour secouer la mélancolie et rajeunir le sang. »

Je rêve d'étendue infinie, de poursuites épiques, d'un vieil homme et d'une mer, d'une jambe de bois qui martèle le pont d'un navire, de personnages extraordinaires scrutant l'horizon, la pipe au bec, d'un voyage homérique qui durerait sept ans, de l'amour de Circé, de l'île secrète de Barbe Noire, de la solidarité légendaire des marins, de gestes héroïques et désespérés et de ma sœur, la baleine bleue qui m'attend. Je l'entendrai, moi, et saurai la retrouver.

« Ne sois plus triste, sœurette, je suis là. J'arrive. »

Sur cette dernière pensée, je m'endors. La fatigue et la bière m'ont vaincu.

Le lendemain, je me rends à l'église à sept heures. Un 4 × 4 attend.

À ma vue, un homme tout en longueur s'extrait par la portière avant. La cinquantaine, le crâne partiellement dégarni, une épaisse moustache, les pieds nus malgré le froid.

— Je suis Eduardo. Capitaine de l'*Hirundo*.

— Enchanté. Richeville, votre mousse.

Eduardo prend d'autorité mon sac et le fourre dans le coffre. Il m'invite à monter à l'arrière. Au volant, un jeune homme me salue d'un grognement. De l'arrière, on ne voit que son cou d'où dépasse un tatouage illisible.

— Nous avons soixante-dix miles à faire pour rejoindre Port Clarence, où est amarré l'*Hirundo*, un peu plus à l'ouest. Ce sera plus tranquille pour embarquer. Nous en avons pour deux heures de route à peu près. C'est étroit par ici, enneigé. Il faut être prudent.

Ces deux heures se passent en silence. Calme, détendu, je regarde le paysage. Derrière chaque bosquet, je m'attends à voir surgir un ours ou un loup. Le voyage commence bien.

En fin de matinée, nous arrivons à Port

Clarence. Une piste d'atterrissage, quelques baraquements déserts ; un minuscule port où seul l'*Hirundo* est amarré. Température annuelle moyenne : moins vingt-sept degrés. Forcément, ça refroidit l'enthousiasme. Le port était pourtant réputé, dès les années 1880 : Jules Verne en parle dans un de ses livres.

À notre descente de voiture, un homme bronzé, athlétique, nous attend. Nouvelles présentations :

— Marc, voici Richeville. Il vient de France, comme toi. Richeville, voici Marc. Ah, j'oubliais : lui (désignant le côté passager), c'est Dimitri. Un Russe.

Pour des marins, ceux-là n'avaient pas la tête de l'emploi. Marc, la quarantaine, ressemblait plutôt à un play-boy en vacances. Dimitri devait avoir mon âge. De grosses lunettes, une tignasse rousse sale, des doigts longs et fins. Manifestement, ces gars-là n'avaient jamais touché un cordage de leur vie. Surprenant équipage. Marc était arrivé la veille pour préparer le matériel nécessaire au périple. Chacun prend son sac. Nous embarquons sur l'*Hirundo*.

Techniquement, il se s'agissait pas d'un baleinier : la chasse à la baleine est interdite dans la plupart des pays depuis 1982. C'était un navire scientifique rutilant, d'une vingtaine de mètres de long, pouvant filer à vingt-sept nœuds. À l'intérieur, une large salle vitrée, avec tables, ordinateurs et appareils de navigation. Des escaliers descendent aux cabines : deux couchettes superposées et une salle de bains. Possibilité de s'isoler sur les ponts avant et arrière occupés l'un par un monte-charge en forme de U et l'autre par un harpon. Sans doute pour pêcher le gros.

Vers quinze heures, l'ancre est levée.

LABOURER LA MER

(Océan Pacifique : 62° 58' 24" de lat. N. – 166° 43' 37" de long. O.)

Lorsqu'il s'installe sur l'*Hirundo*, Richeville n'a encore de la marine qu'une idée romanesque. Il imagine les cordes, la drisse, l'étai, les voiles fièrement gonflées : le foc, le tourmentin, le grand foc, la grand-voile, la trinquette, les poulies qui grincent, les ordres du capitaine au vent, les matelots qui s'affairent, le mousse qui nettoie le pont à genoux… Il avait en tête la poésie des nœuds marins : le nœud d'évadé, la surliure à tours morts, la tête d'alouette, la gueule de raie, le nœud de jambe de chien et toutes ces formules abracadabrantesques inventées pour s'en souvenir : le serpent sort du puits, fait deux fois le tour de l'arbre, mord le rat-taupe qui sort de terre, fait le tour de la plus haute branche en sens inverse et retourne dans le puits en contournant par la gauche le rat taupier.

Et puis il y a, pour lui, vierge de toute expérience, la question des femmes. Celle qui attend, symbole de vertu et de patience, c'est la femme de marin. Changez un mot – subtilité de la langue française –, voici la fille de marin, reine putassière qui hante les bars à matelots. On dit aussi du marin qu'il a « une femme dans chaque port ». Selon les jours, Richeville se figure une Pénélope qui l'attendrait sur chaque continent, ou bien cinq débauchées qui, sur ses genoux, boiraient au goulot du ratafia des Antilles et lui enseigneraient des positions érotiques aux noms délicieusement exotiques.

Sur l'*Hirundo*, rien de tout ça. Mille sept cents galons de fuel et quatre puissants moteurs. Point barre. Un tableau de bord bourré de jauges et d'indicateurs, du plastique, de la résine, un peu de bois et une vague odeur de gasoil. Le premier jour, Dimitri entre les coordonnées GPS de leur périple. Ensuite, il se contente de suivre la progression de ce bateau ultramoderne à pilotage automatique.

Des sonars en tout genre scrutent le fond de l'océan à la recherche de la baleine 52. Les quatre marins vivent dans l'attente de « Gabriel », nom donné au bip-bip annonciateur d'une fréquence à cinquante-deux hertz.

Les journées sont longues. Il faut être né en Bretagne pour apprécier la mer, sinon le spectacle y est désolant. De l'eau à perte de vue.

L'impression de labourer l'océan. Péniblement. Mile après mile, dans l'indifférence absolue de l'univers. On se sent seul. Être marin est une vocation, le plus souvent atavique : la solitude lui est une sœur aimante, une douce habitude.

Excepté le repas qu'ils préparent à tour de rôle, ils n'ont aucune activité professionnelle. Tant que « Gabriel » n'annonce rien, ils sont libres de leur temps. « Pourquoi m'avoir embauché pour ne rien faire ? » se demande Richeville. Pour faire le quatrième dans les parties de cartes ? Ce serait sans doute la meilleure explication.

Ils jouent au capateros, jeu méconnu aux règles complexes. Ils pratiquent ici la variante danoise, réputée pour l'imprécision de certaines règles. Contrairement à la variante chilienne, ce flou maintient une excellente ambiance lors des passes délicates. Par exemple, sur un nord-nord-7, personne ne reproche à son adversaire de jouer un capateros de dames car, bien que disgracieux, le coup est toléré. Ce règlement nuageux est une invention de génie pour les joueurs confinés qui ne sauraient se disputer. D'ailleurs, contrairement à la version chilienne ou polonaise, la célèbre anthologie des parties de capateros de Carlos José Miguel Pilar-Pilar González de Benitez ne cite aucun meurtre lié à la variante danoise. Voilà pourquoi la variante danoise du capateros se joue dans les prisons du monde entier… et sur les bateaux.

Le deuxième soir, Eduardo, le capitaine, annonce :

— Nous allons jouer du lourd…

Les autres l'interrogent du regard. Il fait une pause pour marquer la solennité de l'instant.

— Le code international maritime exige la nomination d'un responsable pour les missions scientifiques. Je suis capitaine de l'*Hirundo*. Je ne peux cumuler les deux fonctions. Je vous propose de jouer ce titre honorifique entre vous au capateros. Partie en mille points. Que le meilleur gagne !

Marc et Dimitri foncent tête baissée.

Les salauds. Tout cela n'est qu'une comédie finement préparée. Richeville ne s'aperçoit de rien. Il s'accroche. Ils passent ensemble la barre des cinq cents points sans vaciller. Puis le Russe tangue. Son jeu prend l'eau sur un valet-ouest de trois malheureux et sombre définitivement sur un valet-dame suicidaire. Quand Dimitri abandonne, Richeville croit à la malchance. Lorsque Marc mise tout sur son pauvre dernier pli (un deux et un cinq nord-est), Richeville pense à un coup de bluff raté. Hélas ! Richeville remporte la partie avec plus de trois cents points d'avance. Écart anormal pour des règles danoises, mais notre ami n'a pas suffisamment de poil aux pattes pour s'en rendre compte. Pire, il est ravi. Le voici, lui, le mousse, responsable officiel et légal de cette mission scientifique.

Grisé par les acclamations de ses camarades – son quart d'heure de gloire –, il signe les papiers qu'Eduardo s'empresse d'enfermer dans le coffre.

Une fois le repas terminé, chacun contemple l'horizon en somnolant. Le reste du temps ils discutent par bordées. Aucun n'aime vraiment parler, mais le silence a ici quelque chose d'oppressant qu'il faut conjurer. Ils font peu à peu connaissance. De petites histoires en petites histoires. Chacun accepte de se dévoiler par touches. Sans les femmes, sans la pose virile que leur présence exige, la pudeur des hommes est plus facile à cerner.

— Et toi, Richeville, pourquoi tu as embarqué ?

— Je suis diplômé d'une école de commerce en France. Franchement, je ne me voyais pas dans ce milieu. Mes camarades de promo sont tous des requins avides de fric et de pouvoir. Pas moi.

Marc le regarde en souriant.

— Pour toi, le monde se divise donc en deux ? Les vilains requins qui aiment le fric et les gentils humanistes désintéressés ?

— Affirmatif, répond le jeune homme.

Marc et le capitaine se sourient. Dimitri lui se tait mais il sait écouter.

Le capitaine intervient :

— Tu parles comme un gamin, pour qui c'est

tout blanc ou tout noir. Tu verras : le monde est complexe. Bien plus subtil.

— La vérité, dit Marc, est comme un cylindre éclairé. Si la lumière est perpendiculaire à son axe, l'ombre projetée sera un rectangle. Mais si la lumière est dans l'axe du tube, alors son ombre formera un cercle. Un même objet, deux ombres différentes. Il y a toujours plusieurs vérités.

Eduardo approuve d'un hochement de tête.

Marc part chercher une bouteille de sirop de banane. (L'alcool est formellement interdit à bord.) Il insiste :

— Tout est question de point de vue. Écoute cette histoire. Aujourd'hui, je suis veuf, mais du temps où je vivais encore avec mon épouse (paix à son âme, elle s'est empoisonnée par inadvertance), nous avions pour voisin un charmant petit garçon, Théo…

Un samedi où la mère de Théo travaillait, Marc fut chargé de garder l'enfant. Celui-ci avait trouvé dans l'armoire un immense criquet. Une bestiole d'au moins quinze centimètres de long. Le genre d'insecte que l'on imagine plus à Madagascar que dans une armoire à linge. Le genre à voler en colonie avec ses milliers de condisciples et à dévaster les cultures. Comment avait-il atterri là ? Mystère.

Théo, enthousiasmé par sa découverte, appela Marc. L'étonnement de l'adulte décupla la joie du gamin. Il avait trouvé un « dinosaure » rescapé de l'apocalypse ou un membre perdu d'une fratrie en migration, partie ravager les riches plaines marocaines du Gharb. Il fallait absolument le relâcher dans le jardin pour qu'il retrouve les siens. L'opération baptisée « Sauvons Jiminy Cricket » fut délicate. Il s'agissait de l'attraper sans le blesser, sans déchirer les fragiles pattes qui cachaient ses ailes repliées. Marc fit un cornet en papier dans lequel il poussa Jiminy afin qu'il s'y glisse. Il boucha l'ouverture de sa main. Théo et lui se dirigèrent vers la fenêtre.

— Es-tu prêt à rendre sa liberté à ce brave Jiminy ?

— Tu vas le jeter comme ça par la fenêtre ? Il va se faire mal en tombant.

— Non, les criquets ont de jolies ailes bleues. Il va s'envoler, tu vas voir. Un, deux…

Marc ouvrit la fenêtre et, dans un large mouvement de bras, il libéra l'insecte qui s'envola.

Théo sourit. Il venait de sauver un être vivant. Sa mère allait être fière de lui. Elle l'embrasserait sur le front et il sentirait, encore une fois, son odeur délicieuse.

La scène dura moins de deux secondes. Un oiseau, sorti de nulle part, ouvrit son bec et goba Jiminy en plein vol. Il fit un quart de tour et s'en fut à tire-d'aile vers un toit voisin digérer sa proie.

Théo se retourna vers Marc et demanda d'une voix blanche :

— Il est passé où, le criquet ?

— Un vilain oiseau l'a attrapé et l'a mangé.

— Il est mort ?

Marc regarda l'enfant, ne sachant pas trop quoi répondre, puis en direction du toit voisin.

— Oui. Probablement.

Théo contempla le ciel bleu, comme s'il cherchait une dernière fois son nouvel ami et s'écria :

— Je ne veux pas qu'il meure. Je veux sauver Jiminy. Méchant oiseau !

Marc le pressa contre lui mais l'enfant se dégagea.

— C'est ta faute ! C'est toi qui l'as envoyé sur l'oiseau !

Théo pleura continûment jusqu'au retour de sa mère.

Marc termina son sirop et regarda Richeville droit dans les yeux.

— Tu vois, je voulais lui rendre service. Au final, ç'a été la catastrophe. On aurait dû laisser ce pauvre insecte dans l'armoire. Il serait reparti comme il était venu. On veut faire le bien mais parfois ça tourne mal. Personne n'y peut rien. Ne jamais oublier qu'un aimant, même le plus fin possible, a toujours deux faces : la positive et la négative…

MORALEDA DE ZAFAYONA

(Océan Pacifique : 61° 21' 20" de lat. N. – 171° 16' 29" de long. O.)

Ne sachant que répondre, Richeville reste silencieux.

Eduardo s'engouffre dans la brèche. Les confidences entraînent les confidences. Surtout sur un bateau voguant, solitaire, par moins vingt-trois degrés dans le vaste océan Pacifique.

— Je suis né à Moraleda de Zafayona. À quarante kilomètres de Grenade, en Andalousie. Mon père était cordonnier. Il en faut. J'ai grandi dans l'amour du cuir que nous faisions venir de Cordoue. L'odeur des peaux imprégnait les choses et les êtres. J'étais fils de cordonnier. Cela se sentait avant de se savoir. Mon père était fier de son métier. Il ne confectionnait pas de simples chaussures : pour lui, la jambe, le corps, la tête n'étaient que des prolongements superflus du paturon. Le pied était au centre de toutes ses attentions : les cuirs étaient des écrins qu'il chérissait. Il méprisait les culs-de-jatte et les vélocipédistes. Il avait choisi ma mère parce qu'elle chaussait du quarante-quatre.

Mon père ne s'autorisait qu'un jour de repos par semaine : le dimanche. Ma mère et moi allions à l'église tandis qu'il rejoignait ses amis au café pour boire des apéritifs. L'après-midi, quand le vin de la Rioja avait suffisamment coulé dans leur sang, ils se rendaient chez la mère Pilar. Voir les nouvelles filles et jouer un peu avec la matière. Leurs mains, habituées à malaxer qui le cuir, qui la terre, qui la farine, retrouvaient ici leur élément primitif. Ils repartaient convaincus d'être des hommes, ce qui n'était déjà pas si mal. Le reste suit. La Terre tourne ainsi.

Parmi les gars, il y avait Cortés, un sculpteur de génie. Mon père l'aimait bien : ils se connaissaient depuis la communale et avaient appris les trucs de la vie ensemble. C'était une force de la nature qui sifflait son litre de rhum sans frémir. Et puis juste après ça, il prenait ses ciseaux à bois et quel artiste ! Quel talent ! Avec une bête branche de cerisier, il vous tirait les larmes des yeux. Avec un bout de noisetier, l'humanité entière vous sautait au visage. Un magicien.

Un soir, après une matinée à goûter les saveurs de la vigne et un après-midi à jouir de la grâce des filles, ils eurent une idée de génie : sculpter des statues de la Vierge Marie pour l'église.

Monsieur le curé se plaignait de ne jamais avoir assez d'argent pour orner ses autels. Lui, Cortés – « le sculpteur aux mains d'airain », disait-on –, exécuterait pour la gloire de Dieu des Vierges Marie en cèdre, en buis, en citronnier. Ce qu'il y avait de plus noble, de plus beau. Il les offrirait gratuitement à monsieur le curé. Comme cela. Par pure bonté. Curieusement, l'homme est parfois bon.

La première fois que Salvador, le curé, reçut des mains de Cortés une Vierge Marie il ne cacha pas sa surprise.

— Vous nous offrez cette statue ? Vous qui, depuis trente ans, n'avez jamais mis les pieds dans ces saints lieux ?

— Mon père, une force invisible a guidé mon bras.

— Ah, voici bien la prophétie d'Ézéchiel ! « Je ferai la revue de mes brebis, et je les recueillerai de tous les lieux où elles ont été dispersées. » Vous avez enfin rejoint le troupeau.

Se voir comparé à une brebis faillit provoquer le fou rire chez Cortés. Il se retint pour ne pas tout gâcher. Il mit genou à terre.

— Je sculpterai pour la gloire du Tout-Puissant des Vierges Marie. Autant qu'il y a d'églises dans notre sainte Andalousie.

— Relevez-vous, mon fils. J'accepte avec grand plaisir.

Le pauvre Salvador buvait du petit-lait : il

connaissait la valeur des œuvres du grand Cortés – « le sculpteur aux mille mains ». Et cette réputation ne venait pas que des filles de chez Pilar.

Cortés et mon père se marraient en catimini.

Entre 1951 et 1964, il offrit vingt-sept Vierges Marie aux églises environnantes.

En vérité, toutes ces Vierges avaient été sculptées en prenant comme modèles les putains les plus appliquées du bordel de Moraleda de Zafayona. Il fallait être aussi naïf que le pauvre Salvador pour ne pas reconnaître derrière ces visages angéliques les yeux de la chaude Anunciación, les pommettes de la belle Marisa, les lèvres pulpeuses de Rita ou le menton de la délicieuse Juanita. Elles avaient toutes posé nues pour le grand Cortés et avaient payé de leur corps le privilège d'être ainsi immortalisées.

Ainsi, le dimanche matin, les hommes assistaient-ils à la messe en compagnie de leurs fidèles putains. Au bras de leur légitime, feignant d'écouter la parole du Tout-Puissant, ils croisaient le regard figé de Leonor (Dieu, quel cul !), de Dolores (celle qui poussait des cris de souris pendant l'amour) et d'Ana (la très sainte femme qui ne refusait pas la compagnie de deux galants en même temps). La messe devenait une foire aux souvenirs. Nombreux furent-ils à avoir des érections en plein Sanctus. « Je vous salue, Marie, pleine de grâce. » Voici une prière qui prenait tout son sens. Gonflés de sang et d'images, ils se levaient et récitaient en chœur cette prière réinterprétée en ode à la femme et ses plaisirs.

Le paroxysme fut atteint en 1962 lors du pèlerinage d'El Rocío. Dans ce village de la province de Huelva se rassemblent une fois l'an de nombreuses confréries venues acclamer Nuestra Señora del Rocío. La « Blanca Paloma » (la Blanche Colombe) est portée sur les épaules des hommes, revêtus de leurs costumes traditionnels. La procession traverse lentement le village. Les femmes sont en robe flamenca. C'est beau, c'est coloré, c'est majestueux.

En ce dimanche de Pentecôte, des milliers de badauds assistèrent au triomphe de Miranda, la plus célèbre des putains d'Andalousie. Des seins de marbre, des yeux de braise, un cul aussi convoité que tout l'or des Incas : tout cela fidèlement reproduit dans une statue de cinquante centimètres en bois de cèdre. Les hommes éprouvaient un sentiment de culpabilité délicieusement mêlé à des souvenirs intimes. Chacun se remémorait ce jour béni où Miranda les avait reçus en elle. Cortés gagna à cette occasion ses lettres de noblesse dans toute la région. Les hommes de Dieu encadraient la procession, ignorant tout de l'excitation ambiante. Les autres, les adorateurs de Miranda, surnommée « la puta con la boca de oro », partageaient ce secret en silence. Vingt ans plus tard, à l'enterrement de Cortés, les gens en parlaient encore, la larme à l'œil et moulinant des bras.

À Moraleda de Zafayona, c'était un secret de polichinelle. Pendant des années, les hommes se gaussèrent du padre Salvador cocufié par ses statues. Jamais on ne parla autant dans les bars de la Vierge Marie et du curé.

Un jour, un enfant de chœur reconnut le visage de sa tante Renata sur l'autel secondaire. Et cracha le morceau. Le padre Salvador regarda la Vierge plus attentivement. Il connaissait trop bien la profession de cette pauvre fille. Ah ! Si seulement elle avait accepté la proposition de mariage de ce brave Alfonso quand il était encore temps, elle n'en serait pas aujourd'hui à cavaler après les touristes.

Pourtant, ce jour-là, le curé ne dit rien. Ni aucun autre, d'ailleurs. Le vieux soldat de Dieu n'était pas né de la dernière pluie : dès le premier jour, il avait reconnu les modèles peu vertueux de ses Vierges. Elles venaient toutes se confesser. Et, à dire vrai, il avait lui aussi ses habitudes chez la Pilar. Elle lui ouvrait spécialement son bordel le lundi matin. Il lui pardonnait ses péchés et il entrevoyait un bout du paradis avec une des brebis égarées. Un accord tacite. Il paraît qu'il avait une faiblesse pour Dolores et qu'il pouvait rester des heures la joue sur sa poitrine tandis qu'elle lui massait doucement le cuir chevelu.

Cet homme de Dieu avait de la suite dans les idées. Il se disait que le bois durerait plus longtemps que ces putains, que les gens oublieraient, que les statues resteraient là un siècle encore. Qu'à cheval donné, on ne regarde pas les dents. Et donc qu'à Vierge donnée, on ne regarde pas le cul.

Eduardo termine son récit sur cette version toute personnelle du proverbe puis se lève pour admirer l'océan. Cet homme se promène toujours pieds nus. Il n'a pas de chaussures, même pour conduire. Richeville l'a remarqué dès le premier jour. Le pont est pourtant un endroit glissant mais même là, malgré un froid intense, il reste nu-pieds.

Richeville se tourne vers ses camarades. Il hésite.

— Ça veut dire quoi, cette histoire ? Qu'il ne faut pas se fier aux apparences ? Que je ne dois pas, moi, me fier aux apparences ?

— Tu es assez intelligent pour comprendre tout ça par toi-même. Je voulais juste abonder dans le sens de Marc : la vérité est parfois aussi tourbeuse qu'un whisky. J'ai souvent repensé à Salvador et à Cortés en me demandant qui, des deux, était le plus tordu. Qui s'était joué le plus de l'autre ? Au final, le curé s'est bien foutu de la gueule de ses ouailles : tromper un trompeur est un plaisir des plus fins.

— Si ça se trouve, Cortés et Salvador allaient au bordel ensemble, ajoute Marc.

— Possible. Cela ne me surprendrait pas, répond Eduardo en observant ses ongles.

Silencieux, Dimitri n'a toujours rien dit, apparemment indifférent à cette philosophie de comptoir. Marc et Eduardo ont l'air de bien s'entendre. Ils semblent répéter une saynète composée spécialement pour le mousse.

Ils n'ont rien d'autre à faire que discuter. Impensable de se promener sur le pont par ce froid glacial. Depuis la salle principale, ils ont une vue à trois cent soixante degrés sur l'océan. Dehors, le ciel bleu se confond avec l'horizon. Le soleil cogne à travers les larges vitres. Ils sont simplement bien. C'est bientôt l'heure du sacro-saint café, celui qui parfume la salle de son odeur ensorcelante. Dimitri se lève et, machinalement, le prépare. Ce gars-là est perdu dans ses pensées. Sans doute espère-t-il apercevoir sous peu la baleine 52, lui injecter la balise GPS et suivre sa trace sur les écrans lumineux. Dimitri est un technicien informatique. Son visage ne s'éclaire que devant l'écran. Il est là pour piloter l'*Hirundo* : gérer les sonars, les radars et machiner toute l'artillerie électronique fournie par le laboratoire. Les mains sur un clavier il prend son pied.

SAINT-GEORGES-DES-GROSEILLIERS

(Océan Pacifique : 60° 49’ 31” de lat. N. – 171° 25’ 1” de long. O.)

L’*Hirundo* continue sa route. Dimitri surveille les écrans et son silence confirme la bonne marche de l’expédition. Vu l’historique de ses déplacements, ils devraient bientôt croiser la route de la baleine thébaïde. Dans quelques heures ou dans quelques jours, peut-être au large de l’île Saint-Matthieu, un endroit étrangement abandonné par les Américains après la Seconde Guerre mondiale. Avant de fuir, les gardes-côtes avaient introduit une trentaine de rennes. Après s’être largement reproduits jusqu’en 1963, ces derniers moururent tous brutalement. Personne ne sait pourquoi les Américains sont partis ni pourquoi les rennes sont morts. Personne n’a jamais remis les pieds là-bas. Voyager, c’est aussi cela : constater que le monde est plein de mystères et que l’homme n’a pas réponse à tout.

Le soir, après de copieux spaghettis, Eduardo s'explique. S'il parle si bien le français c'est qu'il a vécu quelque temps, en France, à Saint-Georges-des-Groseilliers. Il abordait la quarantaine et avait quitté momentanément le Samaritano Institute pour suivre une femme : Emma. Une grande brune aux yeux verts, magnétique, qui avait un chat « Maraging », du nom de l'acier dont on forge les plus belles lames d'épée. C'est la seule chose dont il se souvienne, maintenant : le nom du chat. Après le départ d'Emma, il avait adopté une chatte qu'il avait baptisée « Tamahagane », l'acier suprême qui compose les katanas japonais.

Il avait un jeu : aller aux enterrements de parfaits inconnus. Eduardo adorait cela : non que les défunts soient tous des gentils qui méritent qu'on s'apitoie. Il y a des cons, comme partout : mais là, au moins, ils ne parlent pas. Il portait un costume sombre, une chemise blanche, très classe. Le regard triste et digne. Le regard de qui a perdu un être cher mais dont une impeccable éducation impose la maîtrise de soi.

Cette fois-là, il prit bien soin de s'installer au second rang. Juste derrière les enfants et l'épouse ; devant les amis et les cousins, cependant.

Son apparition fut remarquée.

— Qui est l'homme seul, assis derrière Marthe ?

— Je ne sais pas. Jamais vu.

— Élodie ? Connais-tu le monsieur bien habillé, là, devant ?

— Non. Il n'est pas de la famille. Sans doute une connaissance.

Ces chuchotements arrivèrent immanquablement aux oreilles des proches : la veuve et ses enfants se retournèrent. Eux non plus ne reconnaissaient pas cet homme impavide. Il n'était jamais venu à la maison. Trop jeune pour être un camarade de promotion du défunt. Quel âge pouvait-il bien avoir ? La quarantaine ? « L'âge de nos enfants », pensa la veuve. Un doute fit alors son chemin dans son esprit. « Se pourrait-il que… ? »

Eduardo se savait observé. Il sortit un mouchoir et, délicatement, essuya son œil sec. Cela fonctionnait toujours. Quand le prêtre invita les participants à venir faire au défunt un dernier adieu, il s'avança juste après les enfants. Il toucha le cercueil des doigts. Tapota rapidement deux fois de l'index sur le bois verni, comme s'il s'agissait d'un code avec le défunt. Il sourit, perdu dans ses pensées, puis leva la tête brusquement et plongea son regard dans celui de la veuve. Elle le fixa. Il lui sourit. Un sourire doux, de compassion, qui semblait dire « à présent, nous sommes deux à l'avoir perdu ». Il alla alors vers les deux grands fils, mal fagotés, bien moins classe, et leur tendit une poignée de main franche et directe. « Toutes mes condoléances. C'était un bon père. » Et, sans leur laisser le temps de réfléchir, il leur pressa fermement l'épaule. L'épouse éplorée entendit tout. L'ambiguïté de cette phrase ne la rassura pas.

Il s'approcha d'elle, les yeux au sol, visiblement embarrassé. Il se gratta l'oreille droite avant de relever la tête et lui dit doucement :

— Bonjour, Marthe. Je suis sincèrement désolé. Toutes mes condoléances. C'était un homme remarquable. D'une grande générosité.

Comment connaissait-il son prénom ?

— Je vous remercie, jeune homme.

Il allait partir quand elle posa sa main sur son poignet.

— Excusez-moi, nous sommes-nous déjà rencontrés ? Comment connaissiez-vous mon mari ?

Eduardo la regarda pendant six secondes. C'est le laps de temps à partir duquel un silence est anormal. Trop long, trop lourd, trop porteur de sens. La sixième seconde fut une flèche dans le cœur de Marthe. Tout ce que cet instant ne disait pas fut concentré dans cette seconde fatidique. Enfin il se rapprocha de son visage. Elle put sentir son souffle mentholé. Il lui toucha le bras et murmura :

— Vous ne savez pas qui je suis ?

— Non, je suis désolée. Sans doute l'émotion de cette journée…

Il l'interrompit.

— Il ne vous a rien dit. Oui, c'est évident. Je pensais tout de même qu'avant de mourir Francis, enfin, je veux dire mon… votre mari… comment dire… Ce n'est sans doute pas le bon jour pour vous parler de tout cela.

Elle se rapprocha encore plus de lui.

— Je ne comprends pas ce que vous voulez dire.

Inévitablement, à ce moment précis, un des fils perçut le trouble de sa mère et vint en renfort. Eduardo le regarda mais persista dans son jeu.

— À chaque jour son malheur, madame. Je reviendrai vous voir. J'ai très bien connu Francis. Je le connais depuis quarante ans. Pour aujourd'hui, sachez seulement que je suis de tout cœur avec vous, que je partage votre peine et votre chagrin. Nous reparlerons un autre jour, cela vaudra mieux pour tout le monde.

En disant cela, il vit le fils froncer les sourcils. Il mit la main dans la poche intérieure de son veston et en ressortit une carte de visite, toute simple : Nom, prénom, téléphone.

— Je vous laisse mes coordonnées, au cas où.

Il s'en fut, laissant la veuve perplexe. Allait-elle avoir la confirmation de ce qu'elle avait tant redouté toute sa vie ? Eux qui vivaient enfin sereinement depuis quelques années, débarrassés de la tyrannie du sexe. Et voilà que ressurgissaient les fantômes des maîtresses de Francis. Elle repensa à l'époque où il était directeur d'usine. Elle avait oublié ses doutes, les cheveux blonds sur le col de ses chemises blanches, ces senteurs fleuries mélangées à l'odeur âcre des savonnettes d'hôtel. Cet étranger venait de lui rappeler tout ça. Et puis, cette allure fine, cette coiffure, cette élégance. C'était troublant.

Était-il possible que cet homme fut un fils illégitime ? N'avait-il pas avoué connaître Francis depuis quarante ans ? Donc depuis sa naissance ? Se pourrait-il qu'un enfant inconnu surgisse le jour de son enterrement ?

La famille se réunit au plus vite, les deux fils s'inquiétaient. Ils ne partageront pas en trois. La succession s'annonçait déjà rude. Ces deux-là ne se parlaient plus depuis bien longtemps. Élevés dans le culte de la performance et de la compétition, ils se détestaient. Chacun voulait réussir plus que l'autre. Le testament ne les satisfaisait pas. Ils chipotaient, chicanaient. S'accusaient mutuellement de tirer à soi la couverture. Aucun des deux ne voulait céder. Le notaire fut consulté.

— C'est un cas bien plus fréquent qu'on ne le croit.

— Peut-il prétendre à une part d'héritage ?

— Votre défunt père ne l'a pas inscrit comme bénéficiaire légal dans son testament. Cela dit, ce monsieur, s'il prétend être le fils de Francis, peut légitimement contester la validité du testament. Un simple test ADN prouvera – si c'est le cas – le bien-fondé de sa requête. Il faudra prendre en compte ce nouveau légataire.

Les deux frères se regardèrent.

— N'y a-t-il pas une façon d'éviter cela ?

Le notaire réfléchit.

— Il n'y a aucun moyen légal d'empêcher une révocation judiciaire. Par contre, si le partage des biens a déjà été fait entre les légataires initiaux, la procédure sera beaucoup plus longue. Ce qui laisse généralement du temps pour négocier. On parle ici de plusieurs mois, voire de plusieurs années.

Le cadet demanda :

— Cela peut-il attendre la semaine prochaine ?

— Cela peut attendre le temps que vous voudrez, messieurs. Je ne connais pas cet homme ni ses intentions. Il peut se manifester dès que vous aurez franchi le seuil de cette porte, ou dans un mois. Je suis notaire, pas devin.

L'aîné se tourna vers son frère. Ils se murmurèrent des choses importantes :

— Entendu, dit le cadet. On se revoit dans une heure pour finaliser le partage. Vous serez disponible ?

— L'office ne ferme qu'à dix-huit heures.

Devant la menace de ce tiers inconnu, ils tombèrent rapidement d'accord. Ce qui évita au notaire des heures et des heures de discussions stériles. Et non rentables, puisqu'il s'agissait d'un règlement forfaitaire.

Seul dans son bureau, le notaire décrocha son téléphone.

— Bonjour, Eduardo. C'est Coudrieux.

— Ça a fonctionné, maître ?

— Comme sur des roulettes ! Ils viennent signer tout à l'heure. Je vous félicite.

— Merci. Le prochain ?

— Jeudi 24 février à Notre-Dame-de-la-Recouvrance. Une succession difficile dans une famille d'antiquaires. Les frères et sœurs se bouffent déjà le nez. Ça va prendre six mois si vous ne m'aidez pas. Le défunt était blond. Il faudra prévoir une perruque. Dix pour cent, comme d'habitude.

— Pas de problème. J'y serai.

GABRIEL

(Océan Pacifique : 59° 26’ 3” de lat. N. – 172° 14’ 5” de long. O.)

Il fait un grand ciel bleu, le bateau file plein sud, les hommes ont fini le café et méditent sur leur condition quand « Gabriel » sonne. Un bib-bip strident toutes les secondes. Les regards convergent sur Dimitri, qui s’affaire devant ses écrans, manie adroitement la souris, visite mille menus, clique à la vitesse de l’éclair. Debout, derrière la chaise de l’informaticien, les autres le regardent faire, impatients. La poignée de pixels jaunes clignotants est-elle l’avatar de notre baleine bleue ? Tous attendent le verdict du jeune Russe.

— J’ai un signal sonore. Je fais une transformée de Fourier pour vérifier les fréquences.

Personne ne comprend. Le capitaine maugrée :

— Fais ce que tu veux mais dépêche-toi, si c’est bien elle, il ne faut pas la laisser filer.

— Quelques petites secondes, ça calcule… Voilà ! Regardez, une parfaite distribution autour de 51,8 hertz. C'est bien elle.

Le capitaine esquisse un mouvement de victoire du bras. Puis il ordonne :

— OK, on enclenche le plan A. Tout le monde sait ce qu'il a à faire. Go ! go ! go !

Richeville est le seul à n'avoir jamais entendu parler du plan A.

Dimitri change de console informatique et ouvre une demi-douzaine de fenêtres, tandis que Marc et Eduardo vont se changer.

Richeville panique. Qu'attendent-ils de lui ? Pourquoi ne connaît-il pas le plan A ? A-t-il oublié de lire une procédure ?

— Dimitri, que dois-je faire ?

— Je ne sais pas, demande au chef.

Il arrête Eduardo qui enfile un gilet de sauvetage.

— Capitaine, que dois-je faire ?

— Tu restes à la table, Richeville, tu observes et tu notes tous les événements. Tu es le responsable scientifique, tu dois consigner tout ce que tu vois.

— Compris !

Son stress se transforme en adrénaline. Avoir une mission, faire partie d'une équipe : cela change tout. Un immense bonheur l'envahit :

enfin, il va rencontrer sa sœur baleine ! Il prend un bloc-notes et s'assoit à la table principale. De là, il voit le dos de Dimitri et le pont nord, où ses camarades s'activent.

— Je note. « La sonde a subitement détecté un signal vers 13 h 50. Dimitri a aussitôt lancé un essai de Fourier vers 13 h 55… »

— Une « transformée de Fourier », rectifie Dimitri.

— Pardon. « "Une transformée de Fourier" qui a plaisamment confirmé la fréquence à 51,8 hertz qui, comme chacun sait, est la fréquence de la baleine recherchée. Aussitôt le plan A est déclenché, conformément à la procédure bien connue de l'équipage de l'*Hirundo*. Eduardo et Marc ont rapidement revêtu leur tenue jaune réglementaire de sortie et se sont rendus sur le pont nord encore gelé. Dimitri a pris son poste devant les consoles informatiques clignotantes. Moi, Richeville, en qualité de responsable scientifique de la mission, je prends tout cela en note. »

— Tu peux pas fermer ta gueule ! lance Dimitri.

— On m'a dit de noter, je note.

— Putain, mec, tu n'écris pas un roman ! On te demande de tracer les faits, pas de raconter ta vie. Sois synthétique… et silencieux. Je bosse !

— OK. Excuse-moi.

Richeville regarde les deux hommes qui,

dehors, sortent un grand sac noir d'un coffre arrimé au pont.

— Le capitaine Eduardo n'a pas chaussé les bottes réglementaires. Il se balade pieds nus sur le pont mouillé. Cela me semble non conforme, dangereux. Dois-je noter, Dimitri ?

Le jeune Russe ne répond pas. Il extrapole la course du cétacé pour anticiper ses mouvements.

— Bon, je note. Je passe au conditionnel. Comme ça, les interprétations restent possibles, si toutefois nous sommes audités.

C'est la première fois qu'il met en pratique ce qu'on lui a appris à l'ESSEC dans le cours « système de management de la qualité ISO 9001 ». Il faut toujours laisser planer le doute pour se ménager des portes de sortie et se défausser d'une quelconque responsabilité.

Malgré la demande de Dimitri, le jeune homme poursuit son monologue. Tout excité. À voix haute.

— Qu'est-ce que c'est ? On dirait qu'ils sortent un gros harpon… Non, un gros fusil, plutôt.

Concentré, Dimitri ne répond rien. Son tapotement sec et nerveux sur le clavier résonne dans la pièce.

Richeville est heureux de faire partie de cette aventure. Enfin il vit ! Ils sont en train de faire quelque chose d'unique. D'important. Il est fier de lui.

— Bon. Je note : « Eduardo sort son gros fusil. »

— Mort de rire, commente Dimitri d'un ton moqueur.

— Oui, tu as raison. « Gros fusil » n'est pas exact. Donc : « Eduardo sort d'une espèce de housse marron-noir un instrument oblong destiné probablement à l'injection à distance de la capsule GPS. »

— Factuel. C'est bien, ironise Dimitri.

Mais que fabriquent-ils ? Pourquoi ne l'ont-ils pas briefé sur le plan A plutôt que de lui raconter des histoires à dormir debout en jouant au capateros ?

Les deux hommes achèvent d'installer leur machine infernale. Elle ressemble à un lance-projectile. Destiné à injecter dans la baleine une capsule sous-cutanée qui donnera sa position.

Richeville note.

— « 14 h 17. Le capitaine ouvre une boîte en bois contenant le traceur GPS. Ce dernier ressemble étrangement à un mini-obus. »

Dimitri ne l'écoute plus, et, comme les deux hommes dehors, met un casque doté d'un microphone.

— Dimitri à Marc. J'ai la position et la trajectoire. J'attends le signal alpha.

— Marc à Dimitri. Signal alpha.

— Eduardo à Dimitri. Signal alpha.

— Dimitri à Marc. Émission de la fréquence en cours.

Richeville a du mal à tout noter. Les autres parlent à toute vitesse.

— Dimitri à Marc. 52 réagit au signal. Elle pense avoir enfin trouvé un compagnon. Enfin… Elle modifie sa course. J'augmente l'intensité du signal.

— Eduardo à Dimitri. OK. Nous attendons le signal Fox.

— Dimitri à Eduardo. 52 se rapproche. 40 secondes.

— Eduardo à Dimitri. Demande d'azimut.

— Dimitri à Eduardo. 52 va sortir à une heure et quart par rapport à ton zéro. 35 secondes.

— Eduardo à Dimitri. Réglage azimut fait.

— Dimitri à Eduardo. 15 secondes.

— Marc à Dimitri. Armement fait.

— Dimitri à Eduardo. 5 secondes.

— Armement fait ?

Richeville trépigne.

Quelque chose de grand va se passer. Dans une poignée de secondes, la fameuse baleine 52 va surgir. Ils vont être les premiers au monde à l'observer. Sera-t-elle vraiment bleue ?

— Dimitri à Eduardo. Impact.

À dix mètres du pont nord, la baleine sort de l'eau dans un saut impressionnant.

— Marc à Eduardo. Fox !

Une détonation fait trembler les vitres de la cabine. L'animal, sous l'impact du choc, se retourne en plein élan. Instantanément, une marée de sang recouvre la mer. Des morceaux de chair fusent dans toutes les directions. Les vagues engendrées par la retombée à la surface du cétacé viennent frapper la coque du navire.

La baleine flotte désormais, immobile, le ventre à l'air.

— Dimitri à Eduardo. Cible touchée. Fréquence cardiaque. 15 battements/minute. 13, 9, 5, 0.

Un silence de plusieurs secondes.

— Dimitri à Eduardo. Objectif atteint. 52 détruite.

— Eduardo à Marc. Bravo, les gars ! Phase 2 enclenchée.

— Marc à Dimitri. Préparation du nettoyeur.

— Dimitri à Marc. OK, j'éloigne le bateau.

L'*Hirundo* manœuvre. Eduardo reste debout, imperturbable, tandis que Marc va chercher un second projectile dans la caisse, plus long que le précédent.

— Marc à Eduardo. Nettoyeur chargé. J'attends le signal November.

— Dimitri à Marc. L'*Hirundo* prend sa position. November dans 17 secondes.

Assis à sa place, Richeville assiste, médusé, au

spectacle. Le corps sans vie de la baleine dérive à la surface de l'océan.

— Dimitri à Eduardo. 5, 4, 3, 2, 1 : November.

Une seconde déflagration retentit, plus aiguë que la précédente : la baleine se déchiquette en milliers de morceaux. Une bombe à fragmentation, comme s'il fallait effacer définitivement toute trace de l'animal de cette terre.

Quand Richeville rouvre les yeux, la mer est rouge, quelques lambeaux flottent encore. Puis lentement disparaissent. L'émotion, la surprise, l'indignation le suffoquent. Impossible de parler. Son carnet en est resté à 14 h 17. Elle était encore en vie.

— Eduardo à Dimitri. Mission réussie. Tu coupes toutes nos communications. Mode furtif. On retourne au bercail.

— Dimitri à Eduardo. Bien reçu. Mode furtif activé. L'*Hirundo* est encore plus invisible qu'un putain de sous-marin russe, dit-il en plaisantant.

Eduardo rigole.

— Je connais un commandant de patrouilleur américain qui ne disait pas cela…

Des quatre hommes, Richeville est le seul en état de choc.

— C'est quoi, ce bordel ? Cette prétendue mission scientifique ?

Il vient de comprendre. Ils sont là pour dégommer la baleine 52. Sans finesse ni fioritures. Des professionnels. Des tueurs de baleine, des hors-la-loi. Des pirates. Il fait équipe avec des criminels.

Marc et Eduardo rentrent. Leur tenue jaune est maculée de sang.

Eduardo lance :

— Bravo, les gars, on peut sortir le champagne ! On va se changer et on vous rejoint.

Le jeune homme s'avance vers Dimitri. Ses lèvres tremblent de rage.

— Putain, c'était quoi, ça ? Vous l'avez tuée.

Dimitri enlève ses lunettes et les essuie avec son T-shirt.

— Fais pas chier, mec. On a rempli notre contrat, c'est tout.

— Mais… quel contrat ? Je pensais qu'on devait simplement la suivre. Lui injecter une balise GPS, un truc comme ça. Pas la tuer !

Richeville tressaute de colère. Il met sa main sur l'épaule du Russe. Ce dernier se dégage brusquement. La tension monte. Le capitaine intervient.

— Doucement, Richeville.

— Capitaine, expliquez-moi ! On ne devait pas la tuer, c'était une mission scientifique. Juste une capsule GPS… Pourquoi vous avez fait ça ?

— Calme-toi, mon petit, je vais t'expliquer. Ne t'inquiète pas. Tout s'est bien passé : notre mission est une vraie réussite.

— Vous plaisantez ou quoi ? !

— Assieds-toi. Nous devions tuer cet animal.

— Vous êtes cinglés ! Tuer une baleine est interdit par la convention internationale ! En plus, c'était un spécimen unique au monde, elle chantait à cinquante-deux hertz, un cas d'étude scientifique, un…

— Calme-toi, je vais t'expliquer.

Mais le jeune homme ne veut rien entendre.

— Je vais vous dénoncer, vous êtes des malades !

Eduardo le regarde fixement.

— Tu es légalement responsable de cette mission scientifique, Richeville. Je te rappelle que tu t'es porté volontaire et que tu as signé les papiers. Si tu dis quoi que ce soit, c'est toi qui finiras en prison.

Eduardo assène ce fait d'un ton posé. Un uppercut. Richeville est sonné. Le voilà responsable de cette barbarie. Ils avaient tout prévu. Les salauds !

— OK, j'irai en prison. Mais vous plongerez avec moi !

Le ton d'Eduardo se fait plus rude.

— Richeville ! Je comprends ta colère. Écoute d'abord ce que nous avons à te dire. Souviens-toi : les choses ne sont pas toujours ce qu'elles semblent être. Le blanc et le noir, le bien et le mal, ça n'existe pas. Tu ne peux pas juger si simplement.

Le jeune homme lève les yeux. Il comprend

subitement toute cette comédie jouée depuis le début du voyage. Ce formatage mental. Les petites histoires, le cylindre éclairé, l'infortune du criquet, les statues de Vierges putains, le faux fils illégitime… Tout cela pour accepter cette petite phrase : « Le bien et le mal, ça n'existe pas. » On peut donc tuer une baleine innocente et chicaner sur le bien et le mal pour se dédouaner.

Eduardo s'approche et le prend par l'épaule, presque paternel.

— Richeville, tout cela nous dépasse. Nous ne faisons qu'obéir aux ordres.

— Les nazis aussi obéissaient aux ordres…

Le capitaine adopte un ton encore plus calme, protecteur.

— Cette baleine n'est pas celle que tu crois. C'est une espèce dangereuse, qui a muté après Tchernobyl. Le gouvernement connaissait la raison de son isolement. Je te demande de lui faire confiance. Ne t'inquiète pas, ils savent ce qu'ils font.

— Qu'est-ce que c'est que cette histoire ? En quoi elle est dangereuse ?

— Même les autres baleines la fuyaient, tu le vois bien ! Elle irradiait depuis des années des milliers de kilomètres carrés d'océan. L'opinion publique n'était pas prête à entendre cette vérité. Pourtant, il fallait que quelqu'un intervienne, arrête cette contamination radioactive. Il était largement temps. Crois-moi : aujourd'hui, nous avons rendu un fier service à l'océan. Tu peux être fier de toi.

Richeville renifle, essuie ses larmes de sa manche et regarde Eduardo.

— J'ai besoin d'être seul, excusez-moi.

Le capitaine fait signe à Marc de ranger la bouteille de champagne. À bord, les marins respectent la douleur.

Le jeune homme descend dans la salle de repos s'allonger sur sa couchette. Il ne sait plus très bien quoi penser. Une immense peine le terrasse. Il vient de voir mourir sa sœur, ses espoirs, une partie de lui-même. Voilà comment on punit les enfants qui hurlent seuls dans la nuit. Tout lui revient subitement en mémoire. Sa mère, les grands couloirs tapissés de velours, son immense solitude et ses pleurs, perdu dans la vaste demeure.

Pourquoi la recruteuse ne lui a-t-elle pas dit la vérité ? Pourquoi Eduardo a-t-il menti tout le long du trajet ? Pourquoi lui avoir fait croire qu'il s'agissait d'injecter à la baleine une balise GPS ? Et surtout, pourquoi est-il le seul membre de l'équipage à avoir ignoré le véritable objectif de la mission ? Quel a été son vrai rôle ?

Richeville se pose des dizaines de questions, imagine mille réponses. Rien qui le satisfasse. Sur le chemin du retour, il s'isole de ses compagnons. Il reste cloîtré de longues heures sur sa couche. Il entend, là-haut dans la salle de pilotage, les rires des trois marins qui jouent au capateros.

Au bout de quelques jours, Richeville a accepté les faits. Il rejoint les autres. La baleine était radioactive, nocive pour la flore et la faune de l'océan. Mais, à cause de sa grande popularité dans les médias et le récent drame de Fukushima, aucun gouvernement n'avait osé annoncer sa chasse. Il fallait se détourner des foudres des organisations de défense des animaux, qui auraient dénoncé le meurtre d'une baleine protégée. Et il fallait n'offrir aucune prise aux organisations écologiques, accusant les autorités d'avoir laissé dériver un corps radioactif pendant des années. La marge de manœuvre était étroite. Voilà pourquoi la recruteuse ne lui avait rien dit lors de l'entretien. Le gouvernement américain (ou brésilien) avait sans doute secrètement commandité le Samaritano Institute of Research pour sous-traiter ce « nettoyage ». Voilà comment Richeville s'explique cette nécessaire discrétion autour de l'opération.

Il oscille toujours entre une profonde tristesse et l'espoir d'avoir sacrifié une innocente pour la sauvegarde d'un plus grand nombre. Tuer, même pour un intérêt supérieur, reste un acte barbare, incompatible avec ses valeurs. Mais sa raison l'admet. Richeville entre dans un monde d'adultes où l'ombre des cylindres est à la fois rectangulaire et ronde : un monde où les différentes nuances de gris font la loi.

Mais Richeville est encore loin de la vérité. Eduardo lui a raconté des carabistouilles pour le calmer. La baleine 52 était bien moins radioactive qu'un caillou breton.

L'histoire de ce meurtre est bien plus triviale.

Pour la comprendre, il faut revenir cinquante ans en arrière. Retrouver la genèse du tristement célèbre Samaritano Institute of Research.

PARTIE II

DEUXIÈME SOLITUDE : EDUARDO PARLE

Je vis cloîtré dans mon âme profonde,
Sans rien d'humain, sans amour, sans amis,
Seul comme un dieu, n'ayant d'égaux au monde
Que mes aïeux sous la tombe endormis !
Hélas ! grandeur veut dire solitude.

Théophile GAUTIER,
Le roi solitaire

SÃO PAULO

En 1958, je fus un des premiers thésards à intégrer l'équipe d'Antonio Álvarez Antunes, dit « triple A ». Né à São Paulo en 1932, celui-ci fut rapidement remarqué par ses professeurs pour son intelligence précoce et l'ascendant qu'il exerçait sur ses camarades. Il sauta les petites classes, s'intéressait à la géologie, aux planètes, à la biologie, excellait en sport, apprit le piano, le violon, l'anglais et le latin. À neuf ans, il connaissait par cœur les trois cent huit dinosaures répertoriés (d'Abelisaurus à Zuniceratops) et jouait la *Polonaise en sol bémol majeur* de Chopin avec une étonnante aisance. Les dépassant d'une tête, il martyrisait ses camarades dans la cour de récréation, leur rackettant friandises et billes en verre. Meneur incontesté de l'école, il faisait endosser aux autres la responsabilité de ses menues bêtises. Ses instituteurs le prenaient pour un albatros, survolant les autres. C'est sans doute à cette époque-là que naquit en lui ce sentiment inébranlable de supériorité.

À seize ans, il entra à la prestigieuse université de São Paulo pour en ressortir docteur en biologie en 1954. On le surnommait alors « águia solitária » ; l'albatros s'était transformé en aigle. Il intégra ensuite le département de physique des particules du MIT, aux États-Unis, et décrocha un second doctorat en 1957. Il laissa derrière lui l'image d'un génie imbu de lui-même, arrogant envers ses pairs et odieux envers les femmes. Son caractère autocratique et solitaire lui ferma les portes du très convoité poste de professeur de biologie au MIT. Dépité, il regagna son pays natal, rageur et plein de mépris pour le Nouveau Monde.

São Paulo fêta le retour du fils prodige en lui proposant un poste de maître-assistant, qu'il refusa. Il menaça de partir pour l'Europe et exigea la création d'un nouveau département, qu'il appela « prospectives scientifiques et nouvelles technologies ». Laboratoire qu'il privatisera en 1973, en grande partie grâce au financement de la CIA et qui deviendra alors le très célèbre Samaritano Institute of Research. Patron tyrannique, il s'entoura des meilleurs éléments brésiliens et même internationaux, qui venaient là pour ajouter une étoile à leur curriculum vitæ. Le rythme de travail était soutenu, l'ambiance délétère et l'ombre despotique du docteur omniprésente. Mais une année de postdoc au « Sama » était – et est toujours – un sésame qui ouvrait la porte à de nombreux départements de recherche et développement en entreprise.

Dès sa création, le nouveau laboratoire se concentra sur la recherche fondamentale de rupture. Ne pas refaire les expériences déjà prouvées par des collègues d'autres universités. Non, il s'agissait d'innover, de penser hors du cadre : d'être les premiers et les meilleurs. Le Dr Álvarez briguait alors ouvertement plusieurs prix Nobel, ce qui le rendait encore plus détestable aux yeux de la communauté scientifique, habituée à des profils moins narcissiques. Pendant toutes les années soixante, il travailla principalement sur deux sujets : le voyage spatio-temporel et le contrôle du climat.

L'histoire de Patrick Maulbrack est un bon exemple de la légendaire cruauté d'Álvarez. Ce thésard français avait rejoint l'équipe en 1966, profitant d'un échange entre le laboratoire et la prestigieuse École normale supérieure de la rue d'Ulm, en France. Ce crack, espoir de la physique quantique française, sans doute le meilleur de sa génération, venait chez nous se confronter aux plus brillants cerveaux de son temps.

Dans les sous-sols de l'école, rue d'Ulm, se trouve un réseau de caves bien mystérieuses. Une minorité sont utilisées par l'administration pour stocker des archives. Les autres ont été préemptées par des générations d'élèves qui se transmettent les clefs de promotion en promotion. Certaines abritent des studios de répétition pour des musiciens. D'autres, les bureaux des diverses associations culturelles. Une feuille A4 maladroitement scotchée sur la porte indique généralement la nature de l'activité.

Mais certaines portes restent mystérieusement vierges de toute indication. Les secondes années qui font visiter les lieux aux nouvelles recrues ne peuvent qu'avouer leur ignorance. « Ici, je ne sais pas ce qu'il se trame. On voit parfois des gens en ressortir précipitamment. » Les rumeurs les plus folles circulent près du bassin aux Ernests : on parle de sociétés secrètes, de messes noires, d'organisations illicites, voire, mais c'est un canular, d'un réseau de prostitution d'élèves étrangères.

Quelques élus reçoivent d'un dernière année le sésame d'une cave non répertoriée. Patrick Maulbrack était de ceux-là. Il possédait la clef de la cave 27 et s'y rendait pratiquement chaque soir vers minuit, à l'heure où il était certain de ne croiser personne.

Une lourde porte en fer solidement verrouillée avait été installée quelque temps plus tôt. À l'intérieur, un mini-accélérateur de particules, de la taille de la cave, c'est-à-dire à peine deux mètres de diamètre, était en construction depuis sept ans. Loin des laboratoires officiels des étages supérieurs, cette machine diabolique visait à engendrer des collisions noyau-noyau afin de générer suffisamment d'antimatière pour créer – in vitro – un minuscule trou noir. Oh, pas un de ces géants omnivores que l'on peut trouver au détour d'une galaxie, non, un mignon petit trou noir inoffensif né de deux particules célères. Cette idée improbable, initiée un 1er avril sept ans plus tôt, était devenue, au fil des promotions, un véritable projet confié au cacique, le major de chaque promotion, avec soirée d'intronisation, promesse du secret, etc. Patrick Maulbrack avait brillamment relevé le défi de ses aînés en travaillant dans le plus grand secret pendant trois ans à finaliser cet accélérateur. Ce dernier avait encore quelques ratés. Il lui fallait beaucoup d'énergie. Aussi, cette diablerie ne fonctionnait que les jours fériés, lorsque l'école était fermée et que l'on pouvait réquisitionner toute la puissance électrique sans se faire remarquer. Pas évident de mettre au point une machinerie aussi complexe quand seuls trois ou quatre tests par an étaient possibles. Mais les travaux avançaient. Déjà les particules accéléraient à une vitesse proche de celle de la lumière, se percutaient conformément aux calculs, faisant cependant sauter tous les plombs de l'école. Un réel trou noir en quelque sorte !

Maulbrack savait quoi faire ; toutefois il dut suspendre ses travaux pour effectuer son stage dans le prestigieux laboratoire du Dr Álvarez.

Sitôt arrivé, le Dr Álvarez l'orienta sur une

curiosité de la relativité générale, les ponts Einstein-Rosen (appelés vulgairement les « trous de ver de Wheeler »). Selon lui, ces connexions entre trous noirs sont la preuve formelle de la possibilité d'inverser le cours du temps. Il suffit d'en comprendre le mécanisme pour imaginer un prototype suffisamment fonctionnel afin d'échanger des objets d'un siècle à l'autre.

— Permettez-moi, professeur, d'émettre quelques doutes sur la faisabilité d'un tel prototype.

— Rien à foutre de vos doutes ! C'est moi qui vous paie ici, alors vous m'écoutez. Dans trois mois, je veux le dossier de faisabilité d'une machine à remonter le temps. Einstein vous a déjà mâché le travail, que voulez-vous de plus ? Que je m'y mette, que je fasse le job à votre place ? Trois mois ! Pas un jour de plus !

Le plus désolant dans cette histoire tient au motif de la demande. On pourrait penser que la maîtrise du temps est, en soi, un objectif suffisamment ambitieux et stimulant pour intéresser un esprit aussi brillant que celui du docteur. Ou que la NASA ou la CIA avait commandité une telle machine. Imaginez : tuer Hitler avant qu'il prenne le pouvoir ou observer la formation des premiers organismes vivants. Mais non. Les motivations du Dr Álvarez étaient tout autres : il avait de temps en temps des lubies grandiloquentes. Grand amateur de viande rouge, il avait, un soir de beuverie avec des politiciens corrompus, fait le pari de manger, avant l'an deux mille, un steak de stégosaure.

Cela se passa lors d'un dîner au club house La Toupie. Un de ces appartements luxueux, transformé en club privé pour quelques happy few brésiliens. S'y retrouvaient les grands de ce monde : banquiers, industriels, politiciens qui discutaient de stratégie internationale autour d'un verre de bourbon, assis dans des fauteuils en cuir moelleux et servis par des majordomes véritablement anglais. Le fumoir était l'endroit où on parlait affaires tout en tétant des cigares aux noms délicieusement cubains. Álvarez aimait cet endroit. Entouré des puissants de ce monde, il se sentait moins seul. Même s'il méprisait en secret l'intelligence poussive de certains politiciens, leur présence prouvait son appartenance au gotha brésilien.

Une fois par trimestre, un repas était organisé. Les femmes avaient alors le droit de pénétrer dans cet antre masculin à deux conditions. Qu'elles ne soient pas les femmes des membres et qu'elles acceptent ce principe universel de symétrie : si elles avaient le droit de pénétrer ici parmi les hommes, alors les hommes d'ici avaient le droit de les pénétrer. C'est ainsi que la bourgeoisie capitaliste et prétentieuse justifie la présence de prostituées de luxe. Ces sauteries se terminaient fort tard, les femmes y étaient très dociles et les vins millésimés fort appréciés.

Lors d'une de ces orgies, le Dr Álvarez fit un pari insensé. Selon lui – et rappelez-vous qu'il avait eu la passion, enfant, des bestiaux du jurassique –, le stégosaure, herbivore placide et musclé, devait morphologiquement fournir trois bonnes tonnes de viande succulente. Une sorte de supervache mille fois plus tendre que la plus amphétaminée des viandes bovines américaines. Manolo Cordoba, le procureur (qui à l'époque n'était pas encore en prison pour les crapuleuses affaires que l'on connaît), avait alors promis une bouteille de romanée-conti grand cru 1923 pour accompagner un tel steak de dinosaure. Pari conclu ! Mais voilà : pour taillader un stégosaure et déguster le grand cru, le Dr Álvarez avait besoin d'une machine à remonter le temps. Faire un saut dans l'ère secondaire, tuer un stégosaure d'un coup de calibre 44, dépecer un morceau de cuisse, et repartir – ni vu, ni connu – au XXe siècle.

Le pauvre Patrick travailla jour et nuit au laboratoire, au grand dam de sa fiancée, Estelle, qui l'avait suivi au Brésil. Innocemment, elle avait imaginé ce voyage au bout du monde comme une année sabbatique durant laquelle on danserait le soir sur la plage au son de la samba. Or, pendant les trois premiers mois, elle ne vit son chéri que par intermittence. Il est exténué, terrorisé. Elle ne reconnaît plus le jeune homme prometteur qu'elle avait rencontré à Saint-Germain deux ans plus tôt. Il dormait mal, doutait de lui et vivait dans la crainte permanente de son tuteur, qu'il ne voyait pourtant jamais.

— Mais enfin, que se passe-t-il, Patrick ? Ce n'est pas grave si tu n'y arrives pas. Tu m'as toujours dit que l'important était la recherche, pas les résultats.

— Tu ne comprends pas ? Ce laboratoire est une référence dans le monde entier. Je ne peux pas passer une année ici et n'écrire aucun article. Je dois y arriver. Je ne veux pas décevoir le Dr Álvarez. Il m'a fait l'honneur de m'accepter dans son équipe.

— Tu te plains toujours de lui, tu ne le vois jamais. Et quand tu le vois, il t'engueule comme si tu étais un moins que rien. Oui, je ne comprends pas. Je me demande si nous ne devrions pas retourner à Paris.

— Il nous pousse, mais il obtient des résultats, c'est le principal. C'est une année difficile, mais après tu verras… Je pourrai travailler n'importe où dans le monde.

Maulbrack n'était pas loin de trouver ce que d'autres physiciens trouveraient quelques années plus tard. Il supputa que l'espace-temps était soumis à l'effet tunnel, un peu comme ces électrons qui franchissent des barrières de potentiel réputées infranchissables. La piste était prometteuse.

Au bout des trois mois, le Dr Álvarez arrêta le jeune Français dans un couloir.

— J'ai lu votre rapport intermédiaire. Ce n'est pas mal. Revenez demain à huit heures. Nous ferons un point complet.

Ce modeste compliment sonna dans l'esprit de Maulbrack comme la plus brillante félicitation.

— Je vous remercie, docteur.

— Dites à votre fiancée de venir prendre le café avec nous pour l'occasion. Elle n'a pas dû vous croiser beaucoup ces derniers temps. Je suis sûr qu'elle meurt d'envie de découvrir le bureau où vous passez toutes vos journées.

Maulbrack éprouva illico une bouffée de reconnaissance typique du syndrome de Stockholm – celui qui nous pousse à aimer nos tortionnaires.

Le lendemain, nous nous retrouvâmes tous les quatre dans le bureau du chef. J'avais préparé du café et je me tenais dans un coin pour prendre des notes.

— Docteur, je vous présente ma fiancée, Estelle. Estelle, je te présente le Dr Álvarez et son assistant Eduardo.

— Enchanté, mademoiselle.

— Enchantée, monsieur, Patrick m'a beaucoup parlé de vous et…

Il la coupa sèchement :

— Venons-en aux faits. J'ai lu votre rapport, Maulbrack. Il contient une idée particulièrement intéressante : vous avancez que l'effet tunnel peut expliquer les ponts Einstein-Rosen ?

— Oui, je travaille sur cette hypothèse, je pense que…

Le docteur l'interrompit :

— Pas besoin de détailler, j'ai compris. C'est une piste originale et prometteuse, effectivement.

Il se tourna vers la fenêtre pour réfléchir. Dehors, le campus était encore vide. Estelle se pencha vers son fiancé en souriant. Elle lui prit la main.

Álvarez rejoignit son bureau, ouvrit un tiroir et en sortit un revolver qu'il pointa vers la jeune fille. Nous le regardâmes, effarés.

— Voilà comment je vois les choses, jeune homme. Un jour ou l'autre, l'homme découvrira le voyage dans le temps. C'est certain. Vous avez une piste qui me semble bonne. Si vous travaillez suffisamment, dans dix ou vingt ans, vous inventerez une machine à remonter le temps.

— Mais…

— Ne m'interrompez pas ! Nous sommes le 3 septembre 1966, 8 h 13. Souvenez-vous bien de cette date. Si, d'ici une minute, je n'ai pas le plan de cette machine à voyager dans le temps, je tue votre charmante fiancée.

— Je ne comprends pas…

— Allons, faites un effort ! Dans une minute, je la tue. Si votre théorie est bonne et si vous avez suffisamment de volonté, dans vingt ans, une fois votre machine fonctionnelle, vous reviendrez ici, à cette minute même, pour me remettre le plan de la machine. Par amour pour elle. Si vous revenez du futur avec les plans, je ne la tue pas. Disons que ce raccourci nous permettra d'éviter vingt longues et coûteuses années de recherche. Astucieux, non ?

Le Français comprit alors l'immense folie de cet homme, prêt à sacrifier une vie innocente sur un pari spatio-temporel dément.

— Quarante-cinq secondes.

— Je vous en prie…

— Taisez-vous et emmagasinez de la motivation pour les vingt prochaines années.

— …

— Quinze secondes. Regardez-la bien. Nous allons vérifier si votre amour pour elle est suffisamment fort pour consacrer vingt ans de votre vie à sa résurrection.

Maulbrack pensait que le docteur ne tirerait pas.

— Zéro. Je ne constate aucun pont quantique ouvert ni aucun Patrick Maulbrack aux cheveux gris venant du futur pour m'apporter le plan de la machine. J'en déduis que soit votre théorie est fausse, soit vous n'aimez pas assez votre fiancée.

Et le docteur tira dans le cœur d'Estelle. La jeune femme s'écroula. Sa tête heurta le coin du bureau dans un bruit sourd.

Maulbrack se précipita.

— Vous l'avez tuée, vous êtes fou ! Chérie, réponds-moi !

Álvarez contemplait la scène sans sourciller.

— Maintenant que vous me prenez au sérieux, je vous laisse encore une minute pour revenir dans le temps et m'empêcher de vous tuer. Laissez monter votre colère. Montrez-moi que vous avez des couilles et que vous tenez à cette putain de vie. Je suis certain que, dans le futur, vous allez tout faire pour empêcher ce drame, monsieur « le génie français » de la physique quantique.

Le jeune homme pleurait sur le corps de sa promise. Le docteur fit la moue.

— Vous me décevez, Maulbrack. Je n'ai toujours rien reçu. Soit votre théorie n'est définitivement pas la bonne, soit vous n'avez pas assez de cran pour la mener jusqu'au prototype. Dans les deux cas, vous ne m'intéressez plus.

Il tira une seconde balle dans la nuque de ce brillant chercheur qui s'écroula sur le corps de sa fiancée. Pour la première fois depuis le début de l'entretien, il s'adressa à moi :

— Eduardo, tu me nettoies ce bordel et tu les

déposes cette nuit dans Paraisópolis. La police croira que ces deux touristes se sont fait dépouiller en visitant une favela.

Ainsi moururent Patrick et Estelle. Leurs corps furent retrouvés deux jours plus tard dans les poubelles de ce quartier mal famé.

Le Dr Álvarez perdit avec amertume son pari face à Cordoba et se fendit d'une lettre manuscrite au directeur de l'École normale supérieure de la rue d'Ulm ainsi qu'aux parents du jeune homme.

« Je vous adresse mes sincères condoléances. Jamais je n'avais rencontré un esprit aussi vif et alerte que celui de Patrick. C'est une grande perte pour les sciences et, j'ose le dire, pour l'humanité. »

LE PROJET « POPEYE »

Un vent de folie souffla sur le monde de la recherche dans les années soixante-dix. Tout devenait possible et l'esprit humain semblait n'avoir plus aucune limite. Les progrès de l'électronique s'emballaient, l'informatique se démocratisait et les conséquences vertigineuses de la découverte de l'ADN émergeaient. Dans les laboratoires, l'argent coulait à flots et les grandes puissances travaillaient en secret sur des projets pharaoniques et extravagants.

En dépit de son départ en 1957, le Dr Álvarez avait gardé contact avec des membres du gouvernement américain qui trouvaient prometteur son prototype de modification du climat. Aussi, quand il créa son laboratoire en technologies nouvelles, il se tourna naturellement vers ses anciennes relations pour trouver des financements.

En 1964, le département d'État de la Défense américaine et la CIA lui octroyèrent un budget de un million de dollars pour développer des armes météorologiques. Depuis deux ans, les Américains soutenaient les Sud-Vietnamiens dans leur lutte contre la guérilla communiste. Mais, à la mort de Kennedy, en 1963, le conflit se durcit : le nouveau Président Johnson envoya massivement des troupes de GI. Malheureusement, cette puissante armée, inopérante dans cette jungle mal connue et hostile, montra rapidement ses limites. Elle s'enlisa. La crédibilité militaire de cette nation, essentiellement basée sur les deux bombes atomiques larguées en 1945, se fendillait. Il fallait réagir vite, mais l'atome n'avait pas sa place ici. Le conflit était de nature différente : il fallait une nouvelle arme pour rétablir le prestige de la Maison Blanche.

On confia au Dr Álvarez la mission de prolonger artificiellement la saison des moussons. Le but étant de ralentir la logistique ennemie par des pluies incessantes et des torrents de boue. Une trentaine de scientifiques réunis sous ses ordres travaillèrent sans relâche sur des concepts inédits afin de maîtriser les éléments. Comment utiliser la force d'attraction de la Lune ? Comment ioniser les molécules d'eau d'un nuage depuis le sol ? Comment améliorer la dispersion d'iodure d'argent dans les masses nuageuses ?

C'est cette dernière technique, la moins coûteuse, qui fut retenue par les militaires. Des avions lâchaient dans les nuages des aérosols qui augmentaient la condensation de la vapeur d'eau. Ainsi pouvait-on techniquement faire pleuvoir à volonté sur une zone bien définie. Voilà comment naquit le célèbre projet « Popeye ». De 1967 à 1972, la découverte du Dr Álvarez fut abondamment utilisée, notamment pour ralentir l'avancée des troupes ennemies vers Saigon.

Cette technologie montra toutefois des faiblesses : elle restait imprécise et nécessitait l'envoi d'avions sur la zone, opération toujours risquée. Álvarez récupéra deux millions supplémentaires pour étudier un nouveau protocole. Il réexamina sa thèse effectuée en 1956 au MIT. Il avait mis au point un canon à ionisation de molécules d'eau à haute fréquence. La technologie était révolutionnaire : à plusieurs kilomètres de distance, on pouvait déclencher une pluie incessante même en l'absence de nuages, car le canon ionisait les molécules d'eau naturellement présentes dans l'air. Malheureusement, l'utilisation de plusieurs centaines de grammes de tritium, cet isotope de l'hydrogène radioactif hors de prix car rare, rendait alors le développement industriel impossible.

À cette époque, le gouvernement français développait sa filière nucléaire. Le CEA travaillait déjà sur les prototypes des réacteurs Célestin I et II qui produiraient massivement du tritium à la centrale de Marcoule quelques années plus tard. Álvarez profita de l'aubaine et des ressources françaises de tritium pour poursuivre son idée. Le hameau de Rambarane, sur les hauteurs de Cahirny, fut retenu pour son isolement géographique et pour sa proximité avec le centre d'enrichissement de tritium (produit radioactif que l'État ne voulait pas transporter sur de longues distances). Habité par quelque trois cents personnes, ce village français difficile d'accès bénéficiait d'une sombre réputation qui éloignait curieux et touristes. Bref, l'endroit idéal. Bien entendu, seuls quelques agents des services secrets français et Álvarez connaissaient le site. Une cave fortifiée fut construite sur les hauteurs et cinq cents grammes de tritium alimentèrent la diabolique machine. Hélas, en 1957, quand le jeune docteur termina sa thèse et repartit au Brésil, personne ne pensa à démonter le dispositif. Il plut ainsi sur Rambarane continûment de 1956 à 1968. Sans que cela gêne quiconque. Aucune famille ne déménagea et jamais personne n'en parla. Sacrés Français !

Pendant les événements de Mai 68, un groupe de jeunes excités tomba sur un étrange blockhaus, à flanc de montagne, un peu au-dessus de Cahirny. Le panneau d'interdiction aux armes de la France attisa leur curiosité. Comme, à cette époque, il était « interdit d'interdire », ils forcèrent la porte, mais s'arrêtèrent aussitôt : le canon à ionisation émettait un sifflement suraigu insupportable. L'un d'entre eux revint avec une grosse pierre pour fracasser l'engin. Le cœur en tritium se fendit et la machine s'arrêta. Deux heures plus tard, le soleil brillait enfin sur Rambarane, après douze longues années de pluie.

Hormis les villageois, aucun membre du MIT ou du gouvernement français ne remarqua l'arrêt du canon ionique. D'ailleurs, depuis le départ du Dr Álvarez, plus personne ne suivait ce projet : les documents avaient été consignés aux archives, la machine avait été oubliée, les équipes changées et les financements recentrés sur l'énergie nucléaire.

Ce succès resta donc inconnu du grand public, mais, face aux limites du projet « Popeye », le Dr Álvarez se souvint de ses théories de jeunesse : le canon ionique, voilà l'avenir.

Il fallait toutefois résoudre un détail de taille : la construction d'un bunker fixe présentait d'évidentes faiblesses. Son absence de mobilité le rendait vulnérable aux attaques.

Dès 1973, son équipe travailla secrètement à concevoir un vaste réseau de satellites dotés de canons ioniques surpuissants. Le projet « Olive ». Invisibles, indestructibles, orientables à merci, ces oiseaux mécaniques géostationnaires allaient faire la pluie et le beau temps sur les champs de bataille (au propre comme au figuré). La NASA, auréolée des succès des missions Apollo, et riche de subventions gouvernementales, participa royalement au programme à hauteur de cinq millions supplémentaires.

Malheureusement, en 1977, l'Assemblée générale des Nations unies ratifia la convention internationale Enmod, interdisant « un usage militaire et toute autre forme d'utilisation hostile des techniques de modification environnementale ayant des effets étendus, durables ou graves ». En clair, elle sonnait la fin des programmes de recherche sur les armes météorologiques et climatiques.

Les crédits du laboratoire furent immédiatement gelés, les prototypes des canons ioniques détruits et enfouis dans la décharge municipale d'Alamogordo, au Nouveau-Mexique.

En une semaine, le Dr Álvarez perdit les deux tiers de son budget. Il maudit la racaille écolo-communiste internationale mais ne se résigna pas pour autant. Depuis quatre ans, il disposait d'une petite équipe qui suivait les travaux prometteurs de Paul Berg, l'inventeur de la génétique. Il décida d'investir massivement dans ce nouveau domaine en pleine expansion.

Génie contemporain, il se voyait solitaire habitant de l'Olympe. S'il n'était plus Zeus, le dieu de la Pluie, il deviendrait Prométhée, ce Titan qui façonna l'homme avec de la glaise.

ASILOMAR

Le Dr Álvarez fit les choses en grand. Conscient des perspectives vertigineuses qu'offrait la génétique, il investit plusieurs millions de dollars dans ce qui allait devenir un des plus influents laboratoires privés au monde. Les trois quarts du Samaritano Institute of Research furent vidés pour accueillir de nouvelles machines et de nouveaux chercheurs. Il fit personnellement le tour des universités les plus prestigieuses pour convaincre les futurs talents de le rejoindre. Il ne fallait pas perdre de temps ; les débouchés commerciaux promettant d'être immenses, la concurrence serait rude.

L'histoire de la génétique débuta réellement en 1953, quand James Watson et Francis Crick découvrirent la structure en double hélice de l'ADN, cette énorme molécule qui renferme notre patrimoine génétique. L'homme comprenait enfin le mécanisme régissant le darwinisme : tout organisme vivant possède des gènes qui se recombinent lors de la reproduction et qui, mis à l'épreuve de la sélection naturelle, donnent parfois naissance à des mutations génétiques.

Ce n'est pourtant qu'en 1972 que l'homme ouvrit la boîte de Pandore. Paul Berg, de l'université Stanford, réussit à combiner deux fragments d'ADN de deux espèces de virus. Une sorte de mécano élémentaire à l'échelle des molécules. Un an plus tard, Herbert Boyer, son collègue de l'université de San Francisco, fit encore plus fort : il réussit à implanter un gène de batracien dans une bactérie. Ce fut la première transgenèse et le début des espérances les plus folles. Certains rêvaient d'injecter le gène de n'importe quelle espèce vivante dans une autre. D'autres, de créer à volonté des plantes et des animaux génétiquement modifiés. Les images terrifiantes de monstres mi-homme mi-cochon devenaient réelles. On allait enfin pouvoir réaliser les fantasmes humains les plus sordides : créer un virus qui ne s'attaque qu'à une certaine race d'hommes ; inventer une nouvelle génération d'esclaves hybrides pourvus de l'intelligence de l'homme et de la force d'un bovin ; doter l'homme du gène du caméléon ; faire pousser des tomates en plein Sahara ; créer des sirènes, des hommes-lézards, des sphinx, des hydres, des dragons et autres chimères.

Mais le 16 juin 1973, Paul Berg sonna l'alarme. Son équipe s'apprêtait à introduire un virus cancérigène dans Escherichia coli, une bactérie banale présente dans l'intestin humain. Perdre le contrôle de cette bactérie mutante entraînerait une augmentation dramatique des cancers. Aucune mesure spéciale de sécurité n'existait alors, aucune norme, aucune réglementation. C'était le Far West des premières années du génie génétique. Il suffisait de casser une éprouvette, de se piquer avec une aiguille, de toucher ces bactéries pour que l'humanité bascule dans un cauchemar planétaire.

Berg connaissait aussi le contexte géopolitique : en 1973, nous étions en pleine guerre froide. Les investissements militaires crevaient le plafond. Les hommes avaient encore en tête les conséquences de la science irréfléchie du projet « Manhattan » et de la bombe atomique. L'humanité allait-elle récidiver et inventer une arme biologique totalement incontrôlable ?

Berg interrompit ses expérimentations et invita ses collègues à faire de même. Un moratoire international fut instauré, pour se donner le temps de réfléchir aux risques et aux aspects éthiques de la transgenèse. Ce geste salutaire ainsi que ses travaux lui valurent le prix Nobel quelques années plus tard.

En février 1975, lors de la célèbre conférence d'Asilomar, en Californie, cent cinquante chercheurs du monde entier se réunirent pour discuter des conditions de levée du moratoire.

Comment empêcher la propagation des bactéries génétiquement modifiées ? Les débats furent houleux, les échanges vifs. Les Russes et les Américains en tête, chaque camp voulant préserver son avance expérimentale. Mais les scientifiques étant des hommes de raison, les idéologies restèrent aux vestiaires et ils parlèrent tous le même langage, factuel et précis, celui de la science. Au bout d'une semaine, ils arrivèrent à un consensus : le confinement des OGM et l'interdiction d'utiliser des gènes dangereux pour l'homme ou capables de se reproduire chez l'animal.

Le Dr Álvarez participa à cette conférence. Il assista à l'ensemble des débats discrètement et avec grand intérêt. En fin renard, il attendait de connaître la direction du vent avant de s'engager dans la course. À la lecture du compte rendu, il pesta contre cette racaille écologiste, trop prudente et conciliante avec la nature. Maudit principe de précaution ! La nature, elle, n'est pas si timorée. Il fallait oser, prendre des risques pour tirer l'humanité vers le haut. Les hommes étaient décidément bien trop médiocres. Il lui fallait prendre les choses en main.

Chacun retourna dans son laboratoire et la recherche reprit.

En 1978, ce même Herbert Boyer réussit un nouvel exploit. Il inséra le gène humain de l'insuline dans la bactérie Escherichia coli, créant ainsi la première application biotechnologique : la fabrication de protéine humaine par des bactéries. Il créa dans la foulée la première start-up de biotechnologies, dont le succès fut planétaire.

Álvarez fulminait : son tout récent laboratoire était opérationnel mais n'avait encore rien produit. Il convoqua la vingtaine de jeunes chercheurs prometteurs venus des quatre coins de la planète pour un séminaire de cinq jours dans un hôtel luxueux de São Paulo.

Il savait parler aux gens, les mobiliser, les motiver. Autant il pouvait être cruel et dénué d'empathie, autant il pouvait se montrer charismatique et toucher son auditoire en quelques mots. Depuis un an, il avait développé une vision extraordinairement pertinente. Il avait déjà écrit l'histoire de la génétique des vingt prochaines années.

— D'ici cinq ans, nous verrons vivre le premier animal génétiquement modifié !

Tous le regardaient, incrédules : de la bactérie à l'animal, il y avait un fossé gigantesque. Les faits lui donnèrent raison : en 1982, une souris géante naquit avec le gène de l'hormone de croissance d'un rat.

Il venait de créer un service de communication chargé du lobbying et de la collecte des fonds. À sa tête, un ex-conseiller de la Maison Blanche et une ancienne speakerine télévisée ultra connue. Elle présenta le prochain logo du département : un sapin affublé de poires. Puis, sous les acclamations savamment organisées, un artiste français, cheveux longs et tongs en raphia, dévoila un service en véritable porcelaine de Limoges (un luxe à l'époque), illustré d'animaux hybrides.

Le Dr Álvarez prit la parole :

— Chaque assiette est unique ! Comme l'ADN qui vous compose. Bienvenue dans le futur ! Nous allons découvrir des choses incroyables et vivre les années les plus excitantes de notre vie !

Il s'était inspiré de la vaisselle officielle du IIIe Reich qu'il admirait secrètement. En bon fondateur d'empire, il aimait imprimer sur les objets et les hommes la marque de son génie solitaire.

Les chercheurs récupérèrent ainsi de drôles d'assiettes en porcelaine, curieusement ornées d'animaux grotesques : un escargot à tête de taureau, un éléphant à pattes de canard, une girafe ailée et zébrée, un perroquet affublé d'une face de mouton et un kangourou en forme de chien.

Le lendemain, les affaires sérieuses débutèrent par une séance de créativité.

— Lâchez-vous ! Osez ! Inventez-moi l'homme du futur ! Aucune censure ! Quelles applications imaginez-vous à la transgenèse ?

— Et Asilomar ? demanda ingénument Karl, un jeune chercheur allemand.

Álvarez fit un pas vers l'impudent.

— Le premier qui me reparle d'Asilomar, je le vire ! Asilomar, on s'en fout. Je n'ai aucune leçon à recevoir des Américains ou des Russes. C'est moi qui fixe les règles dans mon établissement. Personne d'autre. J'étais à Asilomar, moi. J'ai vu tous ces clowns se quereller pour des broutilles. Tous des pleutres ! Asilomar, on s'en fout, c'est clair ?

— Mais, professeur, la règle internationale dit que…

— Dehors ! Virez-moi ce charlot d'ici !

— Mais…

— DEHORS ! Casse-toi, pauvre con ! Tu n'es qu'un minable !

Deux gorilles vinrent extraire le pauvre Karl de sa chaise sous les regards médusés de ses collègues.

— Je vais faire de vous des gens riches et célèbres. Certains d'entre vous se verront attribuer le prix Nobel pour leurs travaux. Je le sais et je m'en réjouis. Passez cinq ans dans mon laboratoire, et les plus prestigieuses universités s'arracheront vos services. Vous voulez un poste au MIT, à Princeton ou à Harvard ? J'en connais tous les directeurs. Mais, pour cela, il va falloir travailler tous ensemble. Être solidaires. Nous sommes là pour donner corps à notre vision, à ce qui va devenir demain le prochain équilibre planétaire. Si quelqu'un n'est pas d'accord, qu'il rejoigne Karl, qu'il aille au diable…

Silence dans la salle. Personne ne se leva.

Karl avait osé défier Álvarez. Il fut retrouvé égorgé le soir même, dans une rue sombre de la ville : on ne change pas une recette qui gagne.

À cette époque, tous les chercheurs étaient influencés par les superhéros américains. Les premières idées abracadabrantesques fusèrent : un homme torche, un mutant invisible, une femme pouvant changer son apparence à volonté, un homme aussi solide qu'un roc, etc. C'était la règle du jeu : aucune censure, le grand délire, chacun surenchérissait.

Par exemple, quelqu'un exposa comment les bactéries se rétractent de cent fois leur volume sous l'effet de l'alcool à 90°. L'imagination prenait alors le relais.

— Et si nous injections ce gène de contraction dans les cellules humaines ? Pourrait-on changer de taille à volonté ?

— Comme quand Alice boit la potion ?

— Moi, si je ne mesurais que dix centimètres de haut, j'irais le soir me cacher dans la chambre d'Olga ! (Rires.)

— C'est ça, viens me voir, petit con, je me ferai un plaisir de t'écraser sous mes talons hauts ! (Rires.)

Le jour suivant, les sessions de travail en petits

groupes débutèrent, à trois ou quatre devant un tableau noir. Ce fut une période d'une rare effervescence intellectuelle. Les jeunes chercheurs jouaient à Prométhée. D'autant qu'il y avait aussi ce challenge : une décapotable de luxe offerte à chaque membre du groupe qui proposerait la meilleure idée de transgenèse réalisable à court terme.

Le vendredi, tous furent réunis dans la grande salle où, à tour de rôle, chaque trinôme présenta son projet devant le Dr Álvarez. Oublié la glaciale introduction du lundi et l'éviction de Karl, l'ambiance était survoltée. Le Dr Álvarez avait réussi à créer un climat stimulant et potache qui pousse à l'excellence.

Les ambitions de superhéros avaient été revues à la baisse. Au vu de leurs connaissances scientifiques, les jeunes chercheurs ne pourraient réaliser que des monotransgenèses, c'est-à-dire des mutations portées par un seul gène. C'est ce que le Dr Álvarez nomma les « MPP » : les Mutations Première Phase. Ne pas vouloir courir trop vite, maîtriser cette étape avant d'envisager des opérations plus complexes. Entre nous, nous appelions les MPP les « Mutations Particulièrement Pourries » : quel intérêt a pour l'humanité une mutation qui rend le sang rose ?

Ce fut pourtant cette idée saugrenue qui gagna le challenge cette semaine-là. Le fer, présent dans les molécules d'hémoglobine, associé à l'oxygène des veines, donne l'oxyhémoglobine qui donne la couleur rouge au sang. Il suffit alors de muter la protéine GLUD2 en GLUD5 (présente chez les flamants) pour obtenir un sang de couleur rose : non pas un simili-rouge, nacarat ou incarnat. Non, vraiment un rose pâle, entre cuisse de nymphe et rose dragée.

Bien entendu, une jeune femme se porta volontaire pour la mutation. C'était la règle à l'institut : chaque découverte devait s'appliquer à un volontaire choisi parmi les chercheurs afin d'accélérer le cycle de développement de nos produits. Tout restait en famille, sans déclaration préalable, ni phase clinique ; sous la seule autorité du Dr Álvarez et avec l'espoir de gagner la substantielle prime de risque. Quelques cobayes, évidemment, moururent.

Grethe avait vingt-six ans. Norvégienne, blonde aux yeux très clairs, la peau diaphane, le rose de son sang lui allait à ravir. Lors de la première démonstration, elle remonta sa courte jupe pour se piquer la cuisse avec une aiguille. Une adorable goutte rose perla sur sa jambe. Nombreux furent ceux, dans la salle, à la dévorer des yeux, ébahis, rêvant de lécher cette goutte exquise.

Aujourd'hui, une telle scène ne m'exciterait plus. J'ai vu trop de mutations partir en vrille. De vraies boucheries. Je me suis d'ailleurs imposé une règle : je ne couche jamais avec une fille née après 1986. Depuis Tchernobyl, je crains de me retrouver au lit avec une mutante. J'en fais des cauchemars qui me laissent exténué : je me souviens de ce vagin prêt à mordre, ce fou qui sue des dents…

Cette mutation génétique ne servait à rien et empêchait toute prise de sang dans un hôpital public. Si encore une odeur de fraise ou de lilas avait été ajoutée à la couleur… Bonne idée. Une équipe travailla sur le sujet.

Je fus volontaire pour tester une MPP qui fait pousser de la corne sur la voûte plantaire. Chez les primates, un gène spécifique (le YML0871C) rend la peau plus dure sous les pieds, ce qui évite les blessures. Chez l'homme, voilà plus de cinq mille ans que ce gène a disparu. Notre aptitude à nous déplacer pieds nus sur un terrain hostile n'a plus été un facteur sélectif de l'évolution depuis l'invention de la chaussure. Encore un gène atavique trahi par les progrès de la science.

Au bout de trois mois, les cellules de mes pieds s'étaient entièrement renouvelées, recouvrant ma voûte plantaire d'une peau dure et rugueuse. Mutation Particulièrement Pourrie dans un monde où l'homme utilise des baskets absorbant parfaitement les chocs. Depuis, je n'achète plus de chaussures car je bénéficie d'une semelle naturelle intégrée. Je peux marcher sur le pont du navire trempé sans risque de glisser (ce qui avait étonné Richeville). Je suis satisfait. J'aurais pu tomber sur une MPP encore plus idiote. Comme mon collègue japonais à l'appendice poilu. Ne me demandez pas à quoi cela sert. Personne n'en sait rien. On pouvait techniquement le faire alors ils l'ont testé. Si un jour le Japonais a une crise d'appendicite, le chirurgien va avoir une drôle de surprise !

Les années passèrent. Le Samaritano Institute of Research commença à faire des découvertes intéressantes. Par exemple, il mit au point un moustique génétiquement modifié qui transmettait des vaccins plutôt que des maladies. Dans certains pays asiatiques, ces insectes véhiculent la dengue, la fièvre jaune ou le paludisme. L'idée était toute simple : insérer dans le gène de l'hémoglobine du moustique les paires de nucléotides codant les principaux vaccins de ces maladies. Selon les calculs et considérant leur cycle de reproduction très court, il suffisait de lâcher dans la nature cent mille moustiques génétiquement modifiés pour éradiquer la maladie sur une vaste région et ce pour une saison entière. Malheureusement, le lobbying des géants pharmaceutiques tua dans l'œuf cette brillante idée. Le marché des vaccins asiatiques se chiffre en dizaines de milliards de dollars : la production de quelques grammes d'insectes ne pesait pas lourd.

Conscient des réalités économiques, politiques et véreuses de notre planète, le Dr Álvarez retira son idée via un communiqué de presse dans lequel il admit quelques craintes concernant la dangerosité de ses petits mutants. Dans la foulée, un généreux donateur anonyme permit d'agrandir l'institut et d'acheter de nouveaux séquenceurs de gènes à hautes performances. Rien ne se perd, rien ne se crée, tout se transforme dans l'économie moderne corrompue.

Au milieu des années quatre-vingt, le Samaritano Institute of Research était un laboratoire de tout premier plan, propriétaire de nombreux brevets de transgenèses utilisés par des spin-off ou vendus à des start-up. Certaines idées ne trouvèrent jamais de débouchés. Claudio, un Italien flamboyant, présenta sous les ovations un labrador génétiquement modifié, propre dès sa naissance. Il s'agissait d'une transgenèse du chat, bien connu pour son apprentissage quasi inné de la propreté, sur son cousin canin. Curieusement, aucune entreprise n'acheta la licence du brevet. Claudio, fort déçu (et désirant, lui aussi, son cabriolet), fit sa petite enquête et comprit, avec l'aide d'une sociologue, le rôle fondamental du pipi canin. Dans bien des familles, le chien est un alibi, une excuse : le mari (ou la femme) sort le chien pour que celui-ci aille faire ses besoins. En vérité, expliqua la sociologue, tout le monde se fout du bien-être physiologique de l'animal. Ces sorties régulières ménagent au couple des instants de liberté et permettent de passer un coup de fil à la maîtresse (ou à l'amant). Un peu comme dans la chanson de Brassens :

La pêche, à ce qu'on raconte,
Pour lui n'est enfin de compte
Qu'un prétexte, un alibi –
On connaît pis –
Un truc, un moyen plausible
De fuir un peu son chez-soi
Où sévit la plus horrible
Des maritornes qui soient.

Avec des toutous propres, plus de sortie, plus de liberté conditionnelle : uniquement un monde où les couples fatigués se regardent en chiens de faïence toute la sainte journée dans leur deux-pièces minable d'une HLM tout aussi minable. Impensable. Invendable. Fort de cette vérité psychologique, Claudio retourna à sa paillasse pour plancher sur le concept de chats incontinents.

D'autres découvertes furent des succès, comme cette licence vendue à une société américaine qui commercialise aujourd'hui nos poissons phosphorescents. Utilisant un gène extrait du corail, ces animaux de compagnie se déclinent en douze teintes allant du rouge au bleu fluo. De quoi égayer votre salon ou apporter une douce lumière changeante lors des moments d'intimité.

Une société d'armement canadienne a

récemment acheté la licence de nos vaches transgéniques dont le lait contient la protéine de l'araignée responsable de la fabrication de son fil. À la sortie du pis, les exploitants recueillent une sorte d'aligot : un lait mélangé à des fils d'araignées. Une fois le lait nettoyé, on récupère les fils ultra résistants, destinés à la confection de gilets pare-balles. C'est léger, efficace comme du kevlar et bien moins cher à produire. Par contre, cela demande une étape de nettoyage particulièrement longue pour enlever l'odeur tenace du lait entier, incompatible avec les missions furtives de repérage des commandos.

D'autres inventions sont dans les placards et attendent le moment propice. Par exemple, ce concombre qui s'épluche comme une banane. Rafraîchissant, plein de vitamines et facile à manger ! Mais le Dr Álvarez pense que les hommes, bien qu'ils aient cinquante pour cent de gènes en commun avec la banane, ne sont pas encore prêts pour de tels aliments transgéniques. Le marché sera mûr vers 2030, estime-t-il.

Au dernier classement, le Samaritano Institute of Research se classe onzième laboratoire de recherches le plus influent, derrière les plus prestigieuses universités américaines et chinoises. Sa réputation est telle que l'an dernier la France y a envoyé un jeune homme atteint d'une maladie curieuse : il pouvait voir les infrarouges. Cas unique qui a donné son nom au syndrome Sheridan. Le docteur avait conclu un accord avec le gouvernement français : l'institut analysait le patient et les deux pays se partageaient les applications potentielles. Trois séries d'examens, à un mois d'intervalle, furent planifiées. En fait, dès la première semaine, l'institut avait récupéré le génome complet et toutes les données souhaitées. Par malchance (mais on sait qu'Álvarez manipule le hasard à son gré), l'avion qui ramena Paul Sheridan en France s'abîma en mer et le jeune homme mourut. Álvarez s'excusa auprès des autorités françaises de ne pouvoir mener à terme ce programme de recherche conjoint. Déception feinte car ses supercalculateurs moulinaient déjà les combinatoires transgéniques compatibles. D'ici peu, il fournira un sérum de mutation permettant de voir les infrarouges sans devoir partager cette découverte cruciale avec ces bouffeurs de grenouilles.

Mais les moyens financiers aujourd'hui colossaux de l'institut, ainsi que son incroyable capacité de recherche, proviennent d'une découverte en apparence anodine faite en 1985 : le Pecho Chocolate.

PECHO CHOCOLATE CORP.

Par principe, le Dr Álvarez s'est toujours intéressé aux activités interdites. Selon lui, c'est dans les domaines prohibés qu'il faut concentrer les recherches. La compétition y est moindre et les autorités sont incapables de réguler des activités qui légalement n'existent pas. En résumé, pas de contraintes administratives ni scientifiques et pas de concurrence. Le rêve de tout chercheur : qu'on lui foute la paix. Il est toujours temps, les résultats en main, de plaider la légalisation des pratiques au vu de l'immense valeur de la découverte. La seule condition étant de ne pas se faire prendre. Pour cela, l'institut disposait d'une batterie d'avocats et de fiscalistes très performants qui conseillaient Álvarez sur les montages financiers et structurels à réaliser.

Comment éviter qu'un auditeur gouvernemental tombe sur des expériences interdites ? Construire des laboratoires secrets qui n'existent ni sur les plans des bâtiments ni sur les organigrammes. Comment éviter que les effets d'un médicament dangereux entachent la réputation de l'institut ? Créer des sociétés orphelines dans des paradis fiscaux qui ont la paternité et portent l'entière responsabilité des inventions. Aucun lien avec la maison mère, ni financier, ni organisationnel. Au moindre scandale, la société coule après avoir pris soin d'exfiltrer les bénéfices. Une structure aussi complexe que celle du blanchiment d'argent, mais pour un but avoué beaucoup plus noble : servir la science et l'humanité en prenant quelques risques.

En 1982, la commission baleinière internationale interdit la chasse commerciale à la baleine. Le Japon n'en tint pas compte et démarra un programme de recherche scientifique sur les cétacés en Antarctique. Cette nouvelle mit la puce à l'oreille d'Álvarez : que les Japonais refusent d'abandonner cette chasse ancestrale, pourquoi pas… Mais que l'opposition émane du célèbre Kowabata Research Institute lui sembla suspect. Il mit sur le sujet une poignée de jeunes chercheurs qu'il dirigea personnellement dans le plus grand secret.

Progressivement, les recherches se concentrèrent sur le spermaceti, cette substance blanche, huileuse et sans odeur, présente dans la tête des cétacés, et improprement nommée ainsi à cause de sa ressemblance avec le liquide séminal. Le spermaceti est un produit complexe :

il contient des cires et des triglycérides utilisés depuis des décennies dans la fabrication de bougies et de savons. C'est un composé aux propriétés curieuses : il réagit différemment en présence d'autres produits. Par exemple, il est insoluble dans l'eau mais très soluble dans le chloroforme. Il précipite l'éther et cristallise au contact du sulfure de carbone. Voilà pour les découvertes des siècles passés.

Tony, qui faisait partie de la petite équipe chapeautée par Álvarez, s'intéressait aux propriétés adipeuses du spermaceti. Ce qu'il découvrit en 1984, et la façon dont il le découvrit, est assez étonnant.

Célibataire endurci, Tony recevait fréquemment des prostituées dans son appartement. Ce qu'il aimait, c'était toucher, malaxer, masser, tripoter et pétrir les poitrines de ces compagnes d'un soir. Au-delà de l'aspect érotique de la chose et de ses vertus apaisantes, il essayait de comprendre, en bon scientifique, les propriétés viscoélastiques des attributs de ces dames. En 1984, les techniques d'augmentation mammaire reposaient essentiellement sur le silicone. Tony abhorrait cette technique inventée par de vulgaires plasticiens. Il rêvait d'une matière plus onctueuse, plus soyeuse, qui respecte davantage la sainte loi de la gravitation universelle, loi ouvertement méprisée par le silicone qui faisait (et fait encore) outrageusement pointer les seins, comme par lévitation.

Tony se spécialisa dans les cellules alvéolaires, les glandes mammaires, les lobules, les lobes, les canaux, les aréoles, les mamelons et les tissus adipeux et conjonctifs. Quand il rencontrait une femme, son regard se portait immédiatement vers sa poitrine. Non pas tel le rustre, mais tel le connaisseur. Elle pensait « quel goujat ! », il s'émerveillait « quels beaux lobules ! ».

Tout ce qui était au balcon l'intéressait. Il apprit ainsi que, à la ménopause, les tissus graisseux remplacent les glandes et les canaux du sein. Il se demanda alors comment produire naturellement ces tissus graisseux afin d'augmenter artificiellement le bonnet féminin. Il séquença l'ADN du spermaceti des baleines et celui des tissus conjonctifs et graisseux. Certaines séquences étaient très proches. Il eut alors l'idée d'une transgenèse afin de produire un spermaceti compatible avec les tissus graisseux et qui remplacerait avantageusement le silicone.

Le Dr Álvarez s'intéressa à cette découverte. Depuis quelques années, le marché de la chirurgie esthétique explosait. Mais il eut encore une intuition géniale : ne pas s'arrêter à un simple clone fonctionnel du silicone. D'ailleurs, l'implant mammaire nécessitait une opération lourde et coûteuse, il fallait trouver mieux, changer d'asymptote. Pourquoi ne pas créer une matière grasse génétiquement modifiée, comestible et qui, une fois absorbée, s'accumulerait dans la poitrine des femmes et non sur leurs hanches et leurs fesses ? Finies, les culottes de cheval et les énormes fessiers ! Quelle perspective fascinante… La gourmandise ne serait punie que par une augmentation de la taille des seins !

On mit les bouchées doubles. Tony travailla jour et nuit, alléché par les promesses financières du docteur. En 1985, le gène BRCA7 fut implanté dans une baleine pilote. Son spermaceti, filtré dans de l'alcool et mélangé à d'autres composantes secrètes, donnait une graisse inodore, sans goût et parfaitement comestible. Un parfait excipient alimentaire. C'est ainsi que naquit Pecho Chocolate. « De délicieux chocolats qui ne font grossir que vos seins ! » selon la publicité. Sous l'influence du gène mutant, la matière grasse de ces friandises allait se loger directement dans les tissus mammaires. Un truc incroyable : le rêve de millions (milliards ?) de femmes… et d'hommes.

« Finies, les restrictions ! Plus vous mangerez de Pecho Chocolate et plus vous serez sexy ! »

« Ne dépensez pas une fortune en prothèses mammaires ! Mangez des Pecho Chocolate. »

« Plus de cellulite mais une poitrine magnifique, grâce au tout nouveau Pecho Chocolate. »

Voilà quelques-uns des titres de la presse

féminine qui accompagnèrent avec enthousiasme le lancement commercial de ces chocolats. Ce fut un succès planétaire. À quinze dollars la boîte de dix chocolats, la rupture de stock eut lieu dès le premier jour.

Industriellement, ce fut très compliqué. Tout d'abord, il fallut créer une société offshore indépendante. Inutile de lier le très sérieux Samaritano Institute of Research à un trafic illicite de baleines – génétiquement modifiées de surcroît.

Un laboratoire enfoui fut construit sans la moindre autorisation dans un endroit secret et désert de l'Alaska, non loin de Port Clarence. D'immenses piscines furent excavées pour y loger les baleineaux génétiquement modifiés qui étaient sacrifiés au bout de neuf mois pour en extraire le précieux spermaceti. Cette substance, purifiée, mélangée et mise en bocaux, repartait en camion vers l'usine de fabrication des chocolats. Les quelques salariés mexicains du laboratoire souterrain n'émargeaient dans aucun registre. Les camionneurs ignoraient tout de leur cargaison et les salariés de Pecho Chocolate Corp. n'imaginaient pas un instant fabriquer un produit illicite et génétiquement modifié.

L'autorisation de mise sur le marché avait été faite avec des échantillons falsifiés. La présence dans la composition de DHA, un acide gras de la famille des oméga 3 qui inhibe le remplissage des cellules adipeuses, avait été faussement mise en avant pour expliquer les bienfaits du produit. Le Dr Álvarez avait explicitement demandé de survendre les vertus : « Efficacité prouvée ! », « Une taille de bonnet supplémentaire en un mois ! », « Quatre tours de taille gagnés ». Cette exagération marketing calculée était un os à ronger pour les gars de la FDA (Food and Drug Administration). Ils tombèrent dans le panneau et exigèrent le retrait des promesses mirifiques inscrites sur les paquets. Pas de soucis… L'emballage des Pecho Chocolate fut modifié : seules la marque et la photo d'une poitrine généreuse furent conservées.

Il était déjà trop tard. La réputation du produit avait fait trois fois le tour de la planète. Et surtout, cela fonctionnait ! Des milliers de femmes qui n'osaient plus regarder un chocolat de peur de grossir testèrent avec délice ce produit miracle. Au bout de quelques mois, elles arboraient fièrement une poitrine plus ferme et légèrement plus volumineuse. Les femmes devinrent folles des Pecho Chocolate, et leur mari aussi.

L'énorme rentrée d'argent partait dans un interminable circuit financier qui se terminait sous la forme de dons au Samaritano Institute of Research. Ce fut l'époque de tous les excès. Les locaux furent rénovés plusieurs fois en trois ans. Payer n'était plus un problème. Le Dr Álvarez se montra généreux envers ses employés, offrant des bourses d'études à leurs enfants et des mutuelles de santé coûteuses. Exigeant mais reconnaissant, telle était sa devise. Tous les chercheurs avaient développé une forme de syndrome de Stockholm et adoraient leur bourreau. Le Dr Álvarez jouait avec les ascenseurs émotionnels : un jour, il insultait un chercheur en public, le lendemain, il l'encensait. Il réfléchissait vingt ans à l'avance, laissant pantois et désarmés les visionnaires les plus aguerris. Jamais je n'ai vu un homme si exceptionnel ; il était le seul à voir ce que l'humanité découvrirait des dizaines d'années plus tard. L'ayant compris, je conçus son mépris pour le genre humain. Pour lui, les hommes devaient progresser ou mourir. D'où sa course acharnée pour une libre recherche sur les organismes génétiquement modifiés : il voulait faire évoluer à tout prix cette race si médiocre.

Les Pecho Chocolate furent commercialisés jusqu'à Noël 1988. À partir du printemps de cette même année, des complications apparurent.

Le gène mutant BRCA7 était un coquin : au bout de quelques dizaines de mois, il mutait lui-même, de son propre chef. L'histoire de l'arroseur arrosé. Pour des raisons inexpliquées, une fois présent dans les tissus mammaires, il se transformait progressivement en BRCA1 : un gène hautement cancérigène et responsable de la majorité des cancers du sein. Les cellules graisseuses contenues dans le produit devenaient ainsi de véritables bombes à retardement, bien cachées dans les profondeurs moelleuses des poitrines féminines.

Au bout de dizaines de plaintes, la Food and Drug Administration saisit des boîtes commercialisées et découvrit rapidement une substance illicite et inconnue. L'affaire fut révélée au grand public en novembre 1988 : ce fut un scandale planétaire. Aux États-Unis, une class action fut organisée contre Pecho Chocolate Corp. Des dizaines de milliers de femmes portèrent plainte contre l'entreprise.

Bien entendu, le Dr Álvarez avait anticipé le coup : son institut était hors d'atteinte. Aucune chance de retrouver sa trace dans le dédale des sociétés-écrans. Dans le meilleur des cas, le FBI perquisitionnerait l'usine pour n'y trouver que des employés ignorants et des caisses étrangement vides. L'arnaque du siècle. La vraie difficulté fut de faire disparaître le laboratoire secret en Alaska. Car la seule découverte du matériel biotechnologique rare et onéreux qui s'y trouvait aurait suffi à remonter la piste jusqu'à l'institut.

Un commando se rendit là-bas pour dynamiter le complexe souterrain. La chose fut rondement menée dans le silence contemplatif de ce désert nordique. Le jour de l'opération, il ne restait plus qu'un seul baleineau transgénique dans les piscines. Le massacrer sur place eut été risqué : on aurait pu retrouver de l'ADN de cétacé un peu partout. Le Dr Álvarez décida de le libérer dans l'océan. Après tout, l'espérance de vie d'un mutant était évaluée à moins d'un an. Il coulerait naturellement quelque part dans l'indifférence générale. C'est ainsi qu'une baleine mutante fut relâchée dans le Pacifique au tout début de l'année 1989.

Mais Álvarez n'avait prévu ni l'étonnante longévité de ce cétacé ni sa particularité qui, loin de le faire sombrer dans l'anonymat de l'océan, signala sa présence sur les écrans radars du monde entier. Tony et son équipe s'étaient concentrés sur les priorités physico-chimiques du spermaceti. Ils avaient perdu de vue son rôle prépondérant dans l'écholocation, c'est-à-dire la détection d'autres espèces animales en eaux profondes, qu'elles soient proies ou compagnes…

Au cours de l'année 1989, les marines du monde entier signalèrent un objet non identifié émettant à une fréquence de cinquante-deux hertz. Après investigation, on découvrit qu'il s'agissait d'une baleine : LA baleine mutante qui chantait à une fréquence particulière à cause de son spermaceti mutant et particulièrement farceur. Heureusement, personne ne comprit son origine ni ne put mettre la main dessus. Le Dr Álvarez espérait toujours une mort naturelle. Puis, en 1996, quand les laboratoires de recherches commencèrent à lancer des programmes de capture du cétacé et que la menace se précisa, il s'inquiéta. Il étudia la fonction du spermaceti, comprit l'influence du gène mutant et fut bien embêté. Comment ce baleineau, né quasiment en éprouvette et élevé dans un milieu totalement artificiel, avait-il pu survivre à l'océan hostile ? Il se passa encore une dizaine d'années pendant lesquelles l'intérêt médiatique de la baleine 52 connut des hauts et des bas. Le grand public était sensible à son éternelle solitude, les scientifiques se demandaient pourquoi cette baleine pourtant écholocalisée restait toujours introuvable.

En 2006, l'institut acheta un Cray XT4. À l'époque, un des supercalculateurs les plus puissants de la planète, capable d'effectuer cent mille milliards d'opérations par seconde. Des calculs scientifiques très complexes permirent de comprendre la mécanique ondulatoire de la baleine mutante. Non seulement son spermaceti mutant influençait sa fréquence, mais la longueur d'onde de ses signaux était telle qu'elle entrait en résonance avec les vagues de l'océan. Schématiquement, les signaux rebondissaient sur la surface de la vague en s'amplifiant et repartaient dans une direction aléatoire. Le signal ainsi capté à un endroit pouvait en réalité provenir d'une position distante de plusieurs dizaines de kilomètres. De plus, par ce mécanisme de résonance, les signaux les plus puissants étaient les faux, ceux qui avaient rebondi. Voilà qui expliquait la multitude de signaux reçus et la cécité des chercheurs. Ceux-ci ne regardaient tout simplement pas au bon endroit. Sachant cela, le docteur exigea un algorithme informatique permettant de géolocaliser l'enfant maudit. Grâce à un sonar triangulé, les faux signaux, repérés par leur puissance, étaient écartés de l'analyse. Une fois mis au point, ce système ingénieux permit de retracer le véritable parcours de la baleine thébaïde.

Les équipes du Dr Álvarez eurent besoin de trois années pour valider le modèle mathématique et confirmer la théorie. Puis deux autres années furent nécessaires pour préparer l'expédition : trouver le navire, l'équipage, construire et installer le matériel électronique, acheter les armes.

Ainsi fut construit l'*Hirundo*. Le docteur me demanda à moi, Eduardo, son homme de confiance, de prendre la tête de cette expédition ultra secrète (S1, dans notre jargon) et de sélectionner un équipage. Marc et Dimitri furent embauchés pour leurs compétences. Richeville, lui, était le corniaud : le responsable scientifique devant la loi, le fusible au cas où le projet foirerait. Bien entendu, je servis à mon équipage l'histoire de Tchernobyl. Elle est crédible et fonctionne toujours. Cette ville a définitivement basculé dans l'imaginaire psychotique des Terriens.

La veille de l'accostage, je réunis les hommes sur le pont et leur annonce que je ne leur ai pas encore tout dit.

— Notre commanditaire sera généreux avec ceux qui l'aident et qui réussissent. En cas de succès de l'expédition (ce qui est le cas), un bonus exceptionnel est prévu. En plus du salaire, évidemment.

Dimitri réagit rapidement :

— Combien ?

Je ménage le suspense en hochant la tête, puis j'enfonce le clou :

— Que vaut l'élimination d'une espèce radioactive nuisible à la flore et à la faune du Pacifique ? Deux millions. À se partager.

Il y a un silence gêné. La délicate question des corsaires : les règles du partage.

— Combien pour le capitaine ? Combien pour le mousse ?

Mais j'ai quelques années au compteur et je sais graduer mes messages.

— L'institut est réglo. On divise en quatre. Cinq cent mille chacun.

— Merci, l'ami. Tu connais ma situation, j'apprécie, dit Dimitri en me donnant l'accolade.

Marc se lève et me serre la main. Richeville reste sur sa chaise, hébété. Le prix de sa peine ? Il ne sait plus très bien quoi penser. Putain d'idéaliste ! Je lui mets paternellement la main sur l'épaule.

— Tu as de la chance, Richeville. Tu es jeune, avec cet argent, tu peux réaliser ton rêve.

Puis je sors du coffre deux bouteilles de rhum vénézuélien. Celui qui se boit dans de petits verres coincés entre deux seins généreux, comme le veut la tradition à Santiago del Estero.

L'ambiance se réchauffe, Marc et moi esquissons quelques pas de danse. Au bout de plusieurs verres, même Richeville nous imite mollement.

Seul Dimitri demeure muet sur sa chaise. Il s'enfile verre sur verre et repense à l'argent, à la baleine, à sa vie et à ses morts. Les Russes ont l'alcool solitaire. Bien malin qui aurait pu deviner ce qu'il ruminait.

PARTIE III

TROISIÈME SOLITUDE : DIMITRI PARLE

À l'âge où l'on croit à l'amour,
J'étais seul dans ma chambre un jour,
Pleurant ma première misère.
Au coin de mon feu vint s'asseoir
Un étranger vêtu de noir,
Qui me ressemblait comme un frère.

Il était morne et soucieux ;
D'une main il montrait les cieux,
Et de l'autre il tenait un glaive.
De ma peine il semblait souffrir,
Mais il ne poussa qu'un soupir,
Et s'évanouit comme un rêve.

Alfred de Musset,
La nuit de décembre

BLACKSADKO

Je suis né à Voronej, en Russie. Moi non plus, je n'ai jamais connu mon père, je n'en fais pas tout un fromage, comme ce Français pleurnichard.

J'ai grandi avec ma mère et ma sœur dans un immeuble pourri. À seize ans, j'aurais pu mal tourner : quitter l'école, dealer de la drogue et finir en prison comme tous les aînés de la cité. Mais j'ai eu de la chance.

À l'école, j'étais une vraie bille, je n'apprenais pas mes leçons et ne faisais jamais mes devoirs. Les professeurs m'ignoraient, sauf celui de mathématiques, matière où je me débrouillais. Il faut dire qu'il n'y a pas grand-chose à apprendre par cœur dans cette discipline : juste réfléchir pendant les devoirs surveillés. Les choses sont logiques et s'emboîtent bien dans ma tête, c'est comme ça. Girov, mon professeur de mathématiques, a plaidé mon cas auprès de ses collègues. Soi-disant, j'avais de grandes capacités et besoin d'être encadré. Il est allé voir ma mère pour lui proposer de m'envoyer en internat à Lipetsk, à cent cinquante kilomètres de chez moi. Au début, on pensait que c'était un camp de redressement pour têtes brûlées. Mais Girov a expliqué qu'il s'agissait d'une pépinière pour les futurs mathématiciens, un truc bien. Du coup, ma mère a accepté.

Là-bas, on n'enseignait que deux matières : les mathématiques et l'informatique. On était huit par classe : pas moyen de roupiller ou de faire le guignol. Nous étions deux par chambre : deux lits, deux bureaux, deux ordinateurs. Le grand luxe, pour l'époque. Les cours se déroulaient le matin, de huit heures à midi. L'après-midi était réservé aux travaux personnels. Le samedi, c'était sport, et le dimanche était libre. Au début, je glandais. J'allais me promener dans le parc et je fumais en cachette, juste pour emmerder la direction. Mais rapidement je m'aperçus qu'ils s'en foutaient et que j'étais le seul à sécher les cours. Le matin, quand mes camarades montraient leurs réalisations de la veille, j'avais l'air con. Les professeurs ne m'ont jamais rien reproché, ils devaient penser que mon orgueil suffirait à me faire changer et ils avaient raison. J'étais vexé d'être ainsi ignoré alors que dans mon ancien lycée j'étais la star des rebelles.

Fedor, mon camarade de chambrée, était gentil et travailleur, mais, franchement, il ne percutait pas vite. Je l'aidai deux ou trois fois sur des leçons auxquelles je n'avais même pas assisté. Je lus une certaine admiration dans ses yeux, alors je m'y suis mis. Il me fallut un mois pour rattraper mon retard et le dépasser.

Puis les cours d'informatique commencèrent. Je n'avais jamais touché à un ordinateur de ma vie mais j'ai tout de suite accroché. On lui donne des ordres, il obéit. On lui donne des ordres plus complexes et il obéit encore plus vite. Rapidement, je passai mes journées devant l'écran cathodique. J'appris comment fonctionnaient les systèmes d'exploitation, les micro-noyaux, la programmation en assembleur. Il m'en fallait toujours plus.

Puis il y eut ce cours sur les réseaux informatiques. Ce fut une révélation. Putain ! On pouvait accéder à un ordinateur connecté à l'autre bout de la planète. Internet abolissait les distances et le temps. Nous avions à portée de clavier les ordinateurs américains, anglais ou japonais. Nos professeurs ne nous ont jamais explicitement appris comment pirater des ordinateurs distants, mais ils nous ont donné tous les outils pour le faire. C'était le pied : le matin « théorie », la nuit « attaque en vrai ». Aux vacances, je ne rentrais même pas voir ma mère. Je ne sortais plus de ma piaule. Je voyageais dans le monde entier par écran interposé. J'allais piquer des cours à Stanford, pirater un serveur web vulnérable au

Chili puis télécharger des films de boules sur un serveur privé en Suède. Mon pseudo à l'époque était « BlackSadko », en hommage au conte russe *Sadko* que me racontait ma mère quand j'étais gamin. Chaque fois que ce gars pinçait les cordes de son gousli, le roi de la mer lui offrait ce qu'il voulait : de l'argent, des femmes, des bijoux. Quand j'étais petit, je fantasmais sur cette histoire. Je m'imaginais jouant d'un instrument magique et croulant sous les cadeaux des puissants. Maintenant, je possédais mon propre gousli : un clavier et une souris. Putain de Black-Sadko, il en a fait transpirer des administrateurs système autour du monde.

J'ai fait pas mal de conneries à cette époque-là. Un soir, des gars du FSB ont débarqué pour savoir qui se cachait derrière de récentes attaques contre les Israéliens. On pensait qu'ils allaient nous féliciter mais on s'est fait méchamment engueuler. Selon eux, nous n'avions pas correctement effacé nos traces. Depuis leur bureau de Moscou, ils nous avaient pistés comme le Petit Poucet, grâce à tous les fichiers de log que nous n'avions pas effacés sur notre chemin. Finalement, il n'y eut pas de sanctions. Ces messieurs de Moscou ont discuté avec le directeur puis sont repartis. Nous étions simplement repérés. Tant et si bien que trois mois plus tard, quand il fallut choisir un stage, personne ne nous demanda notre avis. Boris et moi fûmes affectés au service de cyberdéfense du FSB. Pendant six mois, on nous logea en face des bureaux, chacun dans un super appartement. Pour la première fois de ma vie, je gagnais du fric. Un salaire mensuel confortable que je claquais en bières, en putes et en envois de chèques à ma mère qui galérait toujours à Voronej. Ma sœur voulait devenir coiffeuse mais elle restait plus intéressée par les couilles des garçons que par leurs cheveux. Ses études n'avançaient pas et elle rentrait défoncée chaque soir. Ma mère ne sachant plus quoi faire, elle m'a demandé de venir lui parler. J'ai retrouvé ma sœur dans une cave abandonnée d'un immeuble de la ville. Elle était avec ses potes, des punks complètement azimutés, à fumer de l'herbe et à baisouiller. Je lui ai fait la morale, elle m'a envoyé chier. Un de ses copains s'est même levé pour m'en mettre une. M'en mettre une à moi, BlackSadko ? ! Mais je n'ai rien pu faire. Le gars était trois fois plus baraqué que moi : l'informatique n'a jamais développé la masse musculaire, ni les mathématiques l'art du combat de rue. L'œil poché, je suis parti en serrant les dents. Ces connards n'avaient jamais approché un ordinateur de leur vie. Impossible de me venger. J'avais la rage.

La rage des impuissants est la pire : elle annonce de grandes conneries.

Je suis retourné chez moi et j'ai bu des bières.

Ma pute de sœur s'était foutue de ma gueule. J'ai vagabondé sur les serveurs informatiques de Voronej, pour voir. Je suis finalement tombé sur le système qui gérait la chaudière de leur putain d'immeuble, à ces tarés. Je me suis fait plaisir. J'ai tout coupé à distance pour qu'ils se les pèlent bien. Puis j'ai foutu le bordel dans les commandes système. J'ai effacé des paramètres, j'ai tout cassé ; j'étais content. Je les imaginais, ces punks dégénérés, en train de se les geler dans leur cave pourrie.

J'ai dû merder. Vers vingt-deux heures, la chaudière à gaz a explosé dans une cave adjacente à la leur. L'immeuble vétuste a pris feu, mais je n'ai rien vu. J'ai juste remarqué que le système distant ne répondait plus. J'ai cru que quelqu'un l'avait débranché. Je me suis pieuté.

Ma mère m'a téléphoné à cinq heures du mat. Ma frangine était morte dans l'incendie. Ils étaient tous défoncés à l'héroïne et n'avaient même pas réagi quand l'alarme s'était déclenchée. Les pompiers avaient retrouvé les quatre cadavres des camés calcinés. L'un d'eux tenait encore une seringue à la main.

Je suis retourné à Voronej pour l'enterrement. Ma mère était effondrée. Elle avait beau être chiante, ma sœur, je l'aimais bien. Je n'ai rien dit à personne. J'avais les boules. Peut-être que l'incendie n'était pas dû au fait d'avoir déréglé la chaudière ? Peut-être que mes conneries n'avaient aucun rapport avec l'explosion ? Dans ces cas-là, j'imagine que c'est le genre de salades qu'on se raconte pour ne pas devenir fou. On ne saura jamais. La police locale a incriminé la nouvelle chaudière (les génies !).

Ce premier accident m'a refroidi. J'ai toujours ce foutu doute : est-ce que j'ai tué ma sœur ? Pour consoler ma mère, je lui ai promis qu'elle viendrait habiter chez moi dès que j'aurais un boulot stable. Ça l'a calmée cinq minutes, puis elle s'est remise à chialer sur la tombe de ma sœur. J'étais mal.

Je suis rentré à Moscou. J'étais seul. J'ai téléphoné direct à Anushka, une escort-girl qu'on se tape des fois avec Boris. Ça m'a coûté un bras, mais je me suis défoulé. J'ai déchargé toute ma haine dans son cul. À la fin, j'étais calmé. Je l'ai serrée contre moi et j'ai chialé comme un gosse dans ses cheveux blonds. Ça m'a fait du bien, mais ça n'a pas duré longtemps : elle m'a repoussé, s'est levée en rigolant, s'est rhabillée en disant qu'elle n'était pas ma mère. Je n'ai pas aimé sa réaction.

Les mois ont passé. Il ne faut pas croire : le boulot au FSB reste du boulot. On arrive le matin, on reçoit la liste des sites à pirater. On teste des vulnérabilités, on pénètre des systèmes, on y dépose des « back doors » qui permettront à un fonctionnaire d'y revenir en temps voulu et on efface nos traces. C'est excitant les deux premiers mois, puis on s'emmerde vite. L'impression d'être des grouillots. Des tas de chefs et de sous-chefs qui ne comprennent rien mais qui vous gueulent dessus quand on n'arrive pas à pénétrer le site de la CIA. Bande de bouffons ! Finalement, dans ce métier comme ailleurs, on est bien que sans patron.

Un matin, Boris n'est pas venu bosser. Le midi, je vais chez lui voir ce qu'il branle. Je le trouve prostré sur son lit, tout habillé.

— Eh mec, ça va ?

(Pas de réponse.)

— Boris, c'est Dimitri. Ça va ?

— Elle m'a largué.

— Tasha t'a largué ?

— Oui, elle a dit que j'étais un minable, qu'elle trouverait mille fois mieux à Novgorod, chez sa mère.

— La salope !

— Ce n'est pas une salope ! C'est juste que je ne la mérite pas.

— Tu déconnes ? Bien sûr que tu la mérites. T'es le meilleur pirate informatique de toute la Russie. T'es un magicien. Tu as des doigts en or.

— Elle s'en fout, de tout ça… Personne ne nous comprend, mon pote, on est des losers. Des informaticiens, tu sais ce que ça veut dire ? Qui ça intéresse, nos programmes, nos exploits ? Regarde-nous, putain ! On est taillés comme des sardines blafardes. On ne fait mouiller aucune nana ! Depuis quand tu t'es pas tapé une fille sans la payer ?

Je sais que le bougre a raison. Mais l'urgence est de le réconforter.

— Elle est partie quand ?

— Elle devait prendre la route à dix heures.

— Tu sais quoi, on va lui faire une blague… On va la forcer à revenir. Ça te dirait ?

— Et comment ? demande Boris, une lueur d'espoir dans les yeux.

Je prends son ordinateur portable et consulte la carte.

— Il faut six heures pour rejoindre Novgorod depuis Moscou. En ce moment, elle doit rouler sur l'autoroute E105 aux alentours de Klin.

— Et alors ?

— Putain, Boris, on va lui envoyer un message ! Avec les panneaux autoroutiers. Tu sais, les panneaux électroniques qui te disent de ralentir ou qui préviennent quand il y a un accident. Ils utilisent une interface d'administration web obsolète. J'ai lu ça la semaine dernière dans un debriefing sécurité. On se connecte, on pirate le système et on écrit un message pour lui dire de revenir.

— Style : « Reviens, Tasha » ?

— Ouais.

Boris s'assoit sur le lit. L'idée lui plaît, le message moins.

— Tu déconnes, mec. C'est ringard. Des milliers d'automobilistes vont voir le message, il faut péter plus haut.

— « Tu me manques, Tasha, reviens. Boris. » Ça te va ?

Boris n'est toujours pas convaincu. Une lueur étrange brille dans ses yeux. Je crois que c'est en cet instant qu'il comprend que sa copine est partie pour de bon. Que son truc à lui, c'est de défoncer les systèmes et que tout le reste est secondaire. Les filles, il pourra toujours s'en payer. Après tout, c'est un génie et le monde s'est construit avec des gars comme lui. La rancœur monte, cette haine des mal-aimés. Celle qui fait mal. Comme tous les hommes, il est plus attaché à l'idée d'avoir une copine qu'à sa copine. Finalement, Tasha n'a qu'à aller se faire foutre. C'est une médiocre et Boris, malgré son désenchantement, n'aime pas la médiocrité.

— On va lui donner une bonne leçon, dit-il finalement.

— Tu penses à quoi ?

— Un message du style : « Camion roule à contresens. Faites demi-tour. »

— Super !

— Ouais. Attends, encore mieux : « Un avion va atterrir. Faites demi-tour immédiatement. »

— « Un avion va atterrir » ? C'est quoi ce délire ?

— Tu n'as jamais entendu parler des

atterrissages d'urgence de Boeing sur autoroute ? Vas-y, connecte-toi.

Nous mettons moins d'un quart d'heure à pénétrer le système. Un logiciel allemand qui n'a pas été mis à jour depuis des lustres. Presque trop facile.

— OK. Boris, j'ai accès à la console. Quelle portion d'autoroute ?

— Tu as la liste ?

— Ouais. Sur la E105 j'ai cinq cent quarante kilomètres entre Moscou et Novgorod. Il y a des panneaux tous les dix kilomètres. Cinquante-quatre sections numérotées de 100 à 154. Je diffuse le message sur lesquels ?

— Elle est partie à dix heures. Elle doit être maintenant à 250 kilomètres de Moscou. Vise les secteurs de vingt à cinquante. On ratisse large mais au moins on est sûrs qu'elle verra le message.

— Oui, chef ! C'est parti. Un avion va atterrir sur l'autoroute…

— Elle va avoir la peur de sa vie !

On s'enfile deux ou trois bières, on rigole de notre blague et on discute des faiblesses du nouveau protocole Bluetooth sorti la semaine dernière. Je retrouve mon Boris et je crois innocemment qu'il a déjà oublié Tasha.

Je le quitte vers seize heures. Je retourne au boulot et me plonge dans des documents techniques. À dix-neuf heures, je suis chez moi et j'allume la télévision. Premier titre aux informations sur un incroyable carambolage sur l'E105. Suite à un bug informatique, les automobilistes ont cru qu'un avion allait atterrir sur l'autoroute. Certains ont fait demi-tour, roulant ainsi à contresens. Panique générale : cinquante-cinq morts en l'espace de vingt minutes. Une vraie boucherie. Des camions en travers, des voitures éventrées, des familles déchiquetées. Les secours qui n'arrivent pas à accéder au lieu de l'accident, des voitures dans tous les sens. L'horreur qui s'étale sur une trentaine de kilomètres. Aucun avion qui n'atterrit. Des témoins hallucinés en état de choc. Des scènes d'apocalypse filmées depuis un hélicoptère de l'armée. Des envoyés spéciaux du monde entier et des images retransmises sur toute la planète.

Je regarde le poste, médusé.

Le téléphone sonne.

— Dimitri, c'est Boris. Tu as vu la télé ?

— Putain, oui.

— Ça craint ! Tu crois que c'est nous qui…

— Ferme ta putain de gueule, Boris ! Pas au téléphone, tu le sais bien.

— Excuse, vieux. Je suis sous le choc… J'arrive.

Dix minutes plus tard, mon pote est là. Il me chuchote :

— Tu crois que c'est nous, tout ça ?

Je lui réponds, agressif :

— Un avion sur l'autoroute… je crois que c'est ta brillante idée, non ?

— C'est con, mais je n'avais pas pensé qu'il y aurait d'autres personnes que Tasha sur l'autoroute.

— Tu te fous de moi ?

— Tu étais avec moi, mec. Tu es tout aussi responsable.

Je me cache le visage entre les mains.

— Cinquante-cinq morts… Tu te rends compte ?

— Et ce n'est pas fini…

— Et Tasha ?

Il me regarde, hébété.

— Je ne sais pas.

— Appelle-la, bordel !

Boris décroche son téléphone portable.

— Elle ne répond pas…

— Laisse un message ! Demande-lui de te rappeler.

Tasha ne décrocha pas. Elle ne décrocha plus jamais. Elle ne put éviter le gros 4 × 4 qui roulait à contresens. Elle trouva la mort de face, dans sa voiture, alors qu'elle chantait à tue-tête une chanson d'Amy Winehouse.

Le lendemain matin, nous fûmes tous convoqués au premier étage du FSB, dans la grande salle de debriefing.

— Messieurs, vous avez suivi les événements dramatiques d'hier. Nous savons de source sûre qu'il s'agit d'un piratage informatique. Nous suspectons un groupe d'indépendantistes de Belogorsk. Mais nous devons en être sûrs. C'est votre priorité de la journée : retrouver les traces de cet acte odieux. Le gouvernement et des millions de Russes comptent sur vous !

Nous échangeâmes un regard avec Boris. La journée allait être longue. Boris profita d'une pause pour jeter son ordinateur portable à la rivière. Inutile de laisser trop de traces. On serra les fesses et personne ne remonta jusqu'à nous. Nous avions été à bonne école.

Le stage se termina quelques semaines plus tard.

Après l'accident de ma sœur, ce deuxième exploit sanglant m'empêchait régulièrement de dormir. Putain de vie. Putain de sentiment de responsabilité. Les cauchemars me poursuivaient. Je revoyais ces images de carambolages sur l'autoroute. Je repensais à Tasha. Je l'aimais bien aussi. Elle me faisait penser un peu à ma sœur… Et c'était reparti pour un tour : je revoyais ma sœur, shootée sur son matelas, étouffée par la fumée de l'incendie. Avant la cérémonie funéraire, j'avais voulu la voir une dernière fois dans son cercueil. Quelle connerie ! L'image de ce petit corps calciné est la dernière chose que j'oublierai. À qui raconter mes cauchemars ? À qui avouer mes crimes ? La mauvaise conscience est le pire ami de la solitude. C'est un ver qui creuse son chemin du cerveau vers la bouche. Très difficile de taire un crime indéfiniment. Il paraît que la religion aide : les confessions, la pénitence, tout ça. Mais moi, je pense que Dieu n'existe pas et que, de toute façon, il protège de choses qui n'existent pas non plus. L'enfer, c'est une connerie. Ou alors, on y est déjà tous.

Théoriquement, je pouvais m'appuyer sur ma mère et Boris. Mais ni l'un ni l'autre ne m'était d'un quelconque secours. Boris était encore plus mal que moi. Il avait perdu sa fiancée. Pour lui, la culpabilité avait une odeur, un visage, des seins et une chatte qu'il avait vénérés. Il s'enfermait des journées entières à boire de la mauvaise vodka et à écrire de longues lettres à la défunte Tasha. Il lui suppliait de lui pardonner et de revenir. Complètement ravagé… Je ne pense pas qu'il retrouve un jour le chemin de la raison. À la fin du stage, il a revendu son ordinateur et son matos. Maintenant, il ne sort plus et ne se nourrit que de sardines et de chocolat. Un de ces jours, on le retrouvera confit dans sa pourriture et sa folie.

De son côté, ma mère avait suffisamment morflé avec la mort de sa fille. Impossible de lui imposer la vérité pour me soulager. « Maman, c'est moi qui ai tué ma sœur et organisé ce carnage sur l'autoroute. Je suis désolé. Passons à autre chose. » L'égoïsme a ses limites : soulager ma conscience l'aurait détruite. Elle n'est pas faite pour vivre une tragédie grecque où les membres d'une même famille se font les pires saloperies en inventant des situations tordues. L'histoire de ma mère est beaucoup plus triviale : un salaud l'a sautée puis l'a abandonnée avec deux gamins. Elle a fait ce qu'elle pouvait, et sa fille est morte. Tout simplement. Je n'ai jamais connu mon père, j'ai tué ma sœur et ma mère est désormais ma seule famille. C'est con, mais je tiens à elle. Ma mission est de la protéger.

Bref, ça n'allait pas du tout et je devais rapidement changer d'air si je ne voulais pas terminer comme Boris. Quitter ce pays, quitter ce milieu, quitter ce métier, penser à autre chose pour panser mes blessures. Je répondis à une annonce du Samaritano Institute of Research qui recherchait un informaticien à l'étranger. Parfait. L'entretien se déroula à Londres. Une dame élégante me reçut dans la cafétéria du British Museum. Elle était drôlement bandante, je me la serais bien faite là, sur la table, avec son tailleur gris. Elle avait bien plus de classe qu'Anushka ; j'ai repensé à tout le fric que je lui avais lâché pour pouvoir la sauter et j'ai signé tout de suite.

J'ai passé un mois au Brésil pour me familiariser avec le matériel. Rien de bien sorcier, mais de la belle technologie. Du sur-mesure. Cet institut roulait sur l'or. Ce dépaysement m'a fait du bien. J'ai rencontré le capitaine de l'expédition, Eduardo. Un mec réglo. Un Français, Marc, nous a rejoints quelques jours plus tard. Puis, le jour du départ, ce Richeville est arrivé. C'était le pigeon de l'histoire, le fusible qui devait sauter si tout foirait. Heureusement, l'algorithme a fonctionné au poil et on a retrouvé cette putain de baleine. On lui a explosé sa gueule méchamment. Encore une mort innocente à ajouter à mon triste palmarès…

Avec ses cinq cent mille dollars, Dimitri est rentré à Moscou, a acheté un appartement et a fait venir sa mère comme il le lui avait promis. Elle a rapporté avec elle l'urne où reposent les cendres de sa fille, qui trône désormais sur la télévision dans sa chambre. Elle a l'impression de communier avec elle quand elle s'abrutit des journées entières devant le poste. Parfois même, elle est persuadée de l'entendre rire avec elle. Dimitri sent des petites flèches lui piquer le cœur chaque fois qu'il regarde ce vase blanc.

Il bosse à son compte depuis chez lui. Quelques piratages de courriels, quelques fichiers dérobés, des photos personnelles qu'il collecte et qu'il revend au plus offrant. Il gagne confortablement sa vie en limitant ses efforts.

Sa mère est satisfaite ; elle vit avec son fils, son univers. De son côté, Dimitri s'accommode tant bien que mal de ses conneries passées. Il essaie de ne pas trop y penser. La lâcheté ordinaire, quoi… De temps en temps, il se réveille en sueur. Un cadavre calciné sort d'une voiture, se rapproche de lui et susurre à son oreille : « Dimitri, tu veux jouer avec moi ? »

Deux ans ont passé. Dimitri a oublié Richeville, jusqu'au jour où il le reconnaît à la une d'un journal high-tech. L'article parle de sa start-up, Whale Whale Systems.

WHALE WHALE SYSTEMS

Richeville rentre en France deux semaines après la mise à mort de la baleine 52. Moralement éprouvé, il se repose quelques mois dans la demeure de son beau-père, dans la vallée de Chantebrie. Il lui raconte l'expédition scientifique, omettant de préciser son véritable objectif. Celui-ci s'étonne de la prime de cinq cent mille dollars et considère son beau-fils d'un œil nouveau. Une telle somme se mérite : sans doute vaut-il quelque chose, après tout ?

Pour la première fois, son beau-père s'intéresse à ses projets, à ses envies. Ils discutent dans son bureau, à l'écart des cadets qui nagent en pleine adolescence lymphatique. Il est surpris par l'ambivalence de Richeville. D'un côté, il découvre un jeune homme mature qui connaît la valeur des choses. De l'autre, il devine une profonde détresse face à l'avenir, une perception aiguisée de la vacuité du monde : une lucidité de vieillard dans un corps de jeune.

Le beau-père regarde enfin cet homme qu'il n'a pas vu grandir.

— Que veux-tu faire maintenant ? Qu'est-ce qui te plaît dans la vie ?

— Je ne sais pas, père.

Sa mère a souhaité très tôt que son fils l'appelle ainsi.

— Tu as un diplôme, tu es jeune et tu as de l'argent de côté. Tu peux faire ce que tu veux…

— La liberté, ça m'angoisse. J'aimerais ne pas avoir le choix, suivre le mouvement.

Son beau-père sourit en lui-même. De génération en génération, les mêmes états d'âme se reproduisent. Quelle grotesque farce, la vie des hommes. Mais comme il a quelques années d'avance, il ose un conseil.

— Effectivement, cela serait beaucoup plus facile. Ne pas réfléchir, suivre le troupeau, foncer tête baissée dans ce fichu tunnel « métro-boulot-dodo ». Mais réfléchis deux secondes. Aujourd'hui, avec ton talent et tes moyens, tu peux vraiment changer le monde. Tu peux te lancer dans quelque chose auquel tu crois vraiment, un truc qui aurait du sens pour toi. Tu ne prends aucun risque.

— Comment ça ?

— Au pire, tu montes ta boîte avec ta prime et elle se casse la gueule dans deux ans. Tu auras perdu une partie de ton argent (et je sais que tu t'en fous), mais tu auras vécu une expérience enrichissante. Qu'est-ce qui te motive ? Qu'est-ce qui est important pour toi ?

Richeville boit une gorgée de son soda et réfléchit.

— L'humanitaire. Je veux contribuer au bonheur de la planète.

Le beau-père ne peut retenir un bref ricanement.

— Tout le monde souhaite le bonheur, mon fils. (Est-ce la première fois qu'il l'appelle ainsi ?) Concrètement, comment vois-tu les choses ? De la nourriture pour les plus pauvres ? L'accès à la culture pour le plus grand nombre ? La sauvegarde d'espèces en danger ?

Richeville regarde son beau-père dans les yeux.

— Je veux œuvrer pour la sauvegarde des baleines.

— La « sauvegarde des baleines » ? Tu veux financer Greenpeace ou une organisation de ce genre ?

Le jeune homme ne souhaite pas être un simple donateur anonyme : il veut influencer les opinions, faire bouger les lignes, jouer un rôle. Il a ce désir ambivalent de changer le monde tout en restant dans le rang. Un manque sournois de courage entrepreneurial combiné à une douce utopie humaniste. Quelque part, il ne croit pas en ses chances. Résigné ou désillusionné, il considère le monde comme un état de fait inerte, massif et corrompu par l'argent. N'est-ce point là le mal du siècle ?

Il plisse les yeux comme s'il cherchait à lire dans l'avenir.

— Je veux que mon action fasse avancer la cause des baleines.

Le beau-père hoche la tête. Il flaire le projet, l'aventure, l'adrénaline, tout ce qui l'a poussé, voilà trente ans de cela, à se lancer dans les affaires et à devenir l'homme riche qu'il est aujourd'hui. « Les jeunes d'aujourd'hui manquent tellement d'idéaux, se répète-t-il. Pour une fois que j'en trouve un… »

— Je vais t'aider, mon garçon. Demain, on rencontre Jérôme, mon directeur du Corporate Development. Il va nous aider à affiner ton concept.

La réunion se déroule dans le bureau de Jérôme, au sixième étage d'un immeuble. La pièce, entièrement vitrée, est lumineuse et abondamment ornée de plantes vertes. Les trois hommes se pressent autour d'un tableau blanc. Jérôme, maigre et très grand, se voûte pour dessiner des flèches et des boîtes dans tous les sens.

— Si on poursuit ta réflexion, Richeville, pose-toi sept fois la question « pourquoi ? ». Pourquoi veux-tu spécialement aider les baleines ?

— Je veux les aider car ce sont des animaux qui me touchent.

— Pourquoi ?

— Parce qu'elles sont menacées.

— Pourquoi ?

— Parce qu'elles sont chassées.

— Ce ne sont pas les seuls animaux chassés. Les éléphants, les bandicoots, les rats-taupes… Pourquoi spécifiquement les baleines ?

— Parce qu'elles sont seules, au milieu de l'océan, qu'elles essaient de rentrer en contact avec leurs congénères, mais que, des fois, elles n'y arrivent pas.

— Pourquoi ?

— Elles crient mais personne ne les entend.

— Pourquoi ?

— Parce que… les autres baleines sont trop loin, ou elles se fichent de cette baleine.

— Pourquoi ?

— Parce que… cette baleine est différente. Ou que les autres sont déjà en couple.

— Tu aimerais faire se rapprocher les baleines ? Qu'elles se rencontrent ? Les aider à communiquer entre elles ?

— Oui.

Jérôme s'active. Sur le tableau blanc, les mots « communication », « baleines », « solitude », « couple » sont reliés.

Le beau-père observe cet échange avec un vif intérêt. Il demande :

— Au sens propre ou au sens figuré ?

— Comment cela ?

— Parle-t-on vraiment des baleines ou de la solitude des hommes ? La projection est facile, on sait la charge émotionnelle de cette espèce sur les bipèdes…

— Bonne question ! exulte Jérôme.

Il dessine un bonhomme, le relie au mot « baleine » et ajoute un gros point d'interrogation rouge sur cette flèche.

— Il faut jouer sur cette ambiguïté, dit le beau-père, songeur. Faire se rencontrer les baleines pour donner un espoir aux solitaires. Mieux : que chaque personne puisse mettre en relation deux baleines. Briseur de solitude de cétacés !

Les trois hommes éclatent de rire.

Richeville rebondit :

— J'ai une idée : vous avez entendu parler, il y a quelques années, de ces lapins numériques ? Reliés à Internet, ils donnaient l'heure, la météo et transmettaient des messages à d'autres lapins connectés.

— Les Nabaztag. Un succès commercial fou, dit Jérôme.

— Et si l'on imaginait des baleines électroniques connectées à l'ordinateur et qui entreraient en contact via Internet ?

— Quelle différence avec les Nabaztag ? répond le beau-père. Et qui voudrait d'une baleine sur son bureau ?

— Pas sur le bureau, dans la piscine ! Une baleine autonome, qui nage, chante sous l'eau et qui de temps en temps remonte à la surface pour communiquer avec ses collègues. Si elle en trouve une, elle émet un chant gai. Sinon elle reste muette.

Richeville est surexcité. Les deux hommes d'affaires le regardent. Jérôme se voûte encore davantage puis écarte ses deux longs bras. On dirait un pélican. Il sourit.

— Oui ! Un réseau de baleines, toutes interconnectées et qui communiquent depuis leur piscine entre voisines via des puces 4G. Je vois d'ici le buzz marketing : pour qu'une baleine-robot chante, il faut que les piscines du quartier en possèdent une. Chacun va convaincre son collègue d'en acheter une !

Ainsi naît l'idée de Whale Whale Systems, qui va devenir LA start-up californienne montante les deux années suivantes.

Le beau-père aide à monter un business plan. Le budget minimal pour démarrer l'affaire est estimé à un million deux cent mille euros. De quoi faire le design de la baleine, développer le logiciel, réaliser quelques prototypes, fabriquer un premier lot de mille pièces et lancer une campagne marketing aux États-Unis, premier pays ciblé.

— Attention, ce n'est pas un jouet, tu t'adresses aux bobos. Aux trentenaires qui ont de l'argent, qui culpabilisent inconsciemment de leur réussite et qui cherchent un sens à la vie et à leur couple. Il faut que la baleine devienne pour eux un signe de reconnaissance écologique et humanitaire.

— Reversons dix pour cent de nos bénéfices à Greenpeace !

— Deux pour cent suffiront : les gens cherchent avant tout le symbole. Pas besoin non plus de choisir aujourd'hui l'ONG. Ça nous laissera une marge de négociation.

— Quel prix de vente ? demande Richeville.

— Le prix de fabrication unitaire sera de quatre-vingt-quatre dollars. Tu ajoutes les frais de structure, de communication, les salaires, les charges et tu arrives à un coût unitaire global de deux cent trente dollars. Je propose un prix marché de trois cent cinquante dollars.

— Mais c'est énorme ! Jamais…

— Souviens-toi de tes cours de marketing. Les gens achètent un concept, une valeur : pas un produit. Tu dois te positionner sur le segment « premium » : les acheteurs doivent être fiers de leur achat. Susciter l'envie. Ils achètent un symbole écologique, un bout de conscience : cela n'a pas de prix.

— Je vois.

— Tu te fais une marge opérationnelle supérieure à trente pour cent. C'est très confortable et cela couvrira les inévitables aléas.

Reste le problème du financement. Un tiers viendra de la prime de Richeville. Il empruntera le deuxième tiers à la banque de Chantebrie. Son beau-père complétera.

C'est lui aussi qui intercède pour obtenir l'emprunt à la banque. Il connaît le directeur de l'agence, tous deux sont membres de la même confrérie, les Chantebriens de l'Adret. La confrérie, qui date du XIe siècle, fut autrefois un ordre prestigieux de chevalerie fondé lors des premières croisades. Transformée en confrérie bachique au XVIe, elle devint au siècle des Lumières une confrérie influente et très secrète. Son ombre rayonne encore discrètement dans tous les cabinets ministériels de France, et pratiquement toutes les entreprises du CAC 40 ont, dans leur conseil d'administration, au moins un Chantebrien de l'Adret. On raconte même qu'en 1830, fatiguée de ce pape Pie VIII qui critiquait ouvertement l'influence des sociétés secrètes, la confrérie mit fin à son pontificat au bout d'une seule année de règne. Ce pape mourut empoisonné par un plat de raviolis et fut enterré à la basilique Saint-Pierre. Parmi ses autres faits d'armes, on note l'autorisation d'importation du foie gras au Japon lors d'un accord secret à Kanazawa en 1976 ou la délicate négociation auprès des artisans luthiers de France en 1949 afin qu'ils acceptent l'utilisation de buis de Maracaibo (bois sud-américain dont on fait des flûtes) en complément du traditionnel buis des Pyrénées.

Les fonds sont réunis et Richeville déménage à Morgan Hill, une bourgade de la Silicon Valley, à deux encablures de lieux mythiques : Palo Alto, San José, Mountain View et Menlo Park. Une villa louée est réhabilitée en espace de travail. L'immense salon est séparé en deux : un open space pour le service marketing (quatre jeunes femmes), un autre pour le bureau d'études (trois jeunes hommes), tous américains et recrutés localement. Une piscine dans le jardin sert pour les tests et les soirées arrosées des lundis, mardis, mercredis, jeudis et vendredis soir.

Inutile de dire que l'ambiance ressemble plus à celle d'une fraternité universitaire américaine qu'à celle d'une entreprise française. Les quatre chambres à l'étage permettent aux employés de dormir sur place, plutôt que devant leur clavier. Faute de lits individuels en nombre suffisant, il faut s'adapter et composer avec les affinités personnelles. Au petit matin, le marketing et le bureau d'études se séparent de nouveau pour poursuivre ce projet excitant. Les heures de travail intenses sont ponctuées par des bains impromptus, de longues pauses-café, des siestes analeptiques et des nuits courtes mais intenses. Une vraie ambiance de sitcom, riche en testostérone et crises de fou rire, qui ressemble étrangement aux années en école de commerce.

Encore une fois, Richeville, le Frenchy introverti, se sent bien seul au milieu de cette débauche de camaraderie et d'hormones en ébullition. Pendant ces deux années, Lauren, Abby, Amber et Shelby échangent dans la bonne humeur flirts et tenues. Les jeunes Américains, grands, athlétiques, nourris aux excellents bœufs aux hormones et éduqués dans le culte de la réussite et de la personnalité, détonnent avec le physique chétif du patron.

Et puis il y a Robert, dit Bob, dit Eagle, dit Fucking Brillant Eagle, dit le préféré de ces demoiselles, le play-boy fils à papa (un riche avocat d'affaires), intelligent, bâti comme un dieu et meneur de cette troupe juvénile. Pour couronner cette injustice génétique et sociale, il est doué dans son métier. C'est l'informaticien de l'équipe. Formé à Berkeley, il excelle dans les systèmes embarqués. Il imaginera toute l'électronique des baleines et programmera le logiciel.

Richeville délaisse rapidement son lit de la chambre du haut pour le canapé de la cuisine. De là, il peut surveiller périodiquement les calculs lancés pendant la nuit. C'est l'excuse officielle. La vérité est qu'aucune fille ne s'intéresse à lui. Après quelques nuits à endurer les râles amoureux et les rires complices de ses voisins de chambrée, il préfère déserter.

Le canapé devient sa place attitrée. La nuit, l'ambiance du haut est bruyante. Pour l'avoir recherchée pendant des années, Richeville ne craint pas la solitude intellectuelle. Mais celle de la chair est bien plus cruelle. Les gémissements de l'étage (Dieu seul sait ce qu'ils font pour que les filles bruissent ainsi) l'incitent à pratiquer un expédient mécanique, vain et triste. Chose faite, il sort. Il trempe les pieds dans la piscine et observe la voûte céleste. Les étoiles sont-elles les mêmes ici qu'en France ? Il reconnaît le Râteau, les Trois Rois (Orion), le Flambeau des astres (Sirius). Il repense aux *Étoiles* d'Alphonse Daudet. Ce berger solitaire, perdu dans sa montagne et qui reçoit un jour, ô Providence, la visite impromptue de la fille du riche propriétaire. S'étant égarée un jour de grande pluie, la voilà qui passe la nuit à ses côtés. Lui, subjugué, n'osant plus respirer, sent les délicats rubans de sa coiffe tomber sur son épaule tandis qu'elle s'endort et se souviendra longtemps de sa félicité.

Richeville gagne le jardin pratiquement chaque soir sans qu'aucune étoile ayant perdu sa route vienne se poser sur son épaule pour dormir. Un jour peut-être… se plaît-il à rêver.

Pour les autres, il est le patron, le bon copain, l'actionnaire, le Français, celui qui a eu l'idée.

Mais il n'est pas comme eux. Pour les Américains, tout cela n'est pas très grave : *Business is business*. Malgré leurs différences, Richeville et Robert s'entendent bien. Richeville admire le génie et la passion de son collègue. Dans son école de commerce, il n'a jamais rencontré pareille personnalité. Ses camarades de classe auraient tué pour devenir riches, et pour cela ils travaillaient dur. Bob est différent : il a déjà tout et bosse dur pour le plaisir. *Work hard, play hard* est sa devise. C'est d'ailleurs Bob qui suggère à Richeville l'idée du siècle.

— Nous allons vendre des milliers de baleines.

— J'espère bien ! répond Richeville.

— Les gens vont payer cher pour ce gadget.

— Je confirme.

— Pourtant, il leur faudra de la nouveauté. Leur vendre régulièrement de nouvelles options pour entretenir le feu sacré, tu vois ?

— Tu fais dans le marketing maintenant ? Tu en as parlé à Amber ?

Robert regarde Richeville et se passe la main dans les cheveux.

— C'est comme ça que fonctionne toute la nouvelle économie.

— Continue.

— Voici mon idée : la baleine coûte cher à fabriquer et tu ne vas pas demander aux clients d'en racheter une tous les six mois. Par contre, tu peux leur faire acheter une mise à jour logicielle.

— Pour quoi faire ?

— Imagine que, dès le début, ta baleine intègre plein de capteurs électroniques qui ne sont pas activés. Tu vends une première version qui est déjà cool. Elle nage, elle détecte ses copines et elle chante.

— Oui.

— Six mois plus tard, une fois que les clients sont accros, tu vends une mise à jour par Internet. Elle te permet un autre chant de baleine.

— Pas mal…

— Ou encore mieux : dès le début, toutes les baleines ont une webcam intégrée mais celle-ci ne sera activée que dans un an. Aucune modification de l'objet : ce n'est que du marketing. Tu pourras faire travailler Amber, autrement que sur le dos.

L'allusion à la lubricité de cette jeune fille de l'Arkansas tombe à l'eau. Richeville est le seul de la bande à ne pas la connaître bibliquement.

Robert continue :

— Elle organisera un buzz médiatique autour de cette nouvelle baleine 2.0. Coût pour activer à distance la caméra : zéro dollar puisque la baleine a déjà tout d'intégré depuis le début. Profit : plein les fouilles.

— Bravo, c'est génial !

Bob profite du point journalier pour présenter l'idée à l'équipe. Il sait parler aux gens, le bougre. L'accueil est enthousiaste et le génial informaticien finit tout habillé dans la piscine en guise de félicitations. Le midi, on commande des pizzas aux pepperonis et l'après-midi un paintball grandeur nature est organisé dans la maison.

Dès le lendemain, Robert met son projet à exécution. Une minuscule caméra est ajoutée dans l'œil de la baleine. Le logiciel est modifié pour prendre des photos sous-marines et les partager sur le réseau social choisi lors de la configuration. Puis toutes ces fonctions sont désactivées, mises en sommeil dans l'attente du futur feu vert du marketing. Amber propose d'annoncer cette nouvelle fonctionnalité majeure dans dix-huit mois.

En février, les deux premiers prototypes arrivent. Ils sont testés dans la piscine de la villa et dans celle des parents de Lauren qui habitent dans le quartier. Malgré la fraîcheur, relative pour la saison, toute l'équipe est sous l'eau à scruter les moindres faits et gestes de leur cétacé. La baleine prend son temps (on reconnaît là l'intelligence artificielle développée par Bob). Elle émet un petit sifflement, une amorce de complainte, puis remonte à la surface. Elle cherche sa sœur. Au bout de quelques secondes elle replonge, décrit un cercle d'un mètre de diamètre environ et commence à chanter. Une douce mélopée uniquement audible sous l'eau. Lascive, envoûtante.

Une Lorelei digitale, une sirène numérique et homérique. Shelby a très bien bossé avec l'institut océanographique de Queensland. Plus personne ne bouge, hébété par la douce félicité produite par le chant.

Le téléphone de Richeville sonne.

— Lauren ?

— Richeville, ça a marché ! Ici, j'étais toute seule dans la piscine et elle a chanté.

— Oui, ici aussi. C'était super. Tu as aimé le chant ?

— Génial ! J'avais la tête sous l'eau, elle me regardait, j'y ai vraiment cru.

La sortie est programmée fin avril. Amber concocte un super plan de communication. Grâce aux relations de sa mère, elle obtient des interviews sur des chaînes nationales américaines et, surtout, deux papiers dans le *San José Business News* et le *San Francisco Chronicle*. Pour la Floride, une cousine de Shelby leur propose un article dans *The Miami Herald*.

Malheureusement, malgré tous ces efforts, le produit sort dans l'indifférence générale. Difficile pour une baleine de se faire une place au soleil dans le monde de requins de la Silicon Valley. Au bout de deux semaines, cinquante-sept produits seulement ont été vendus. Le flop.

Mais un petit miracle survient. Parmi ces rares acheteurs se trouve Emily Tyger, la jeune chanteuse américaine, célèbre et connue pour ses convictions écologiques et ses amants tatoués et cocaïnomanes. Sans même informer le département marketing de Whale Whale Systems, elle vante les mérites de son nouveau jouet lors d'un passage au « Jimmy Kimmel Live ! », le late-show américain suivi par des millions de téléspectateurs. Elle explique pourquoi il est important de défendre la cause des baleines, décrit comment son nouveau jouet la comble d'extase, comme s'il s'agissait d'un nouveau sex-toy, mais ajoute que sa baleine se sent bien seule. Elle invite les Californiens à s'équiper afin d'offrir des compagnons à son nouveau bébé.

Dès le lendemain, c'est la rupture de stock. La société enregistre trois cent mille précommandes en moins de deux jours. Branle-bas de combat à la villa. On embauche deux intérimaires pour gérer cet afflux de demandes. On contacte, en urgence, l'usine chinoise pour la fabrication d'un premier lot de cent mille pièces que Richeville paie au prix fort. Puis on négocie la production étalée de cinq cent mille autres exemplaires sur le prochain trimestre. Des critiques dithyrambiques se mettent à pleuvoir. La baleine s'affiche dans tous les journaux des États-Unis. Les médias d'Europe, du Japon et des Émirats arabes unis s'intéressent au phénomène. Des commandes affluent des quatre coins du globe.

L'argent rentre à flots. La production suit. Les baleines se multiplient dans les piscines, rompent leur solitude pour jouer de bien jolies mélodies. Robert imprime tous les soirs les statistiques du jour.

— Six mille nouvelles baleines connectées aujourd'hui !

— Bravo !

— Rien que dans le quartier, entre San Mateo, Los Gatos et ici, il y a huit cents baleines !

— Champagne !

Pour fêter ce beau succès, le beau-père de Richeville fait le déplacement. Présenté à la jeune équipe comme un des fondateurs et actionnaires principaux de la boîte, il est accueilli en héros et reste avec eux jusqu'à tard le soir. Quand il le voit regagner son hôtel accompagné de Shelby, cette belle brune aux yeux verts de trente ans sa cadette, Richeville a un pincement au cœur. Il pense à sa mère, à ses demi-frères, considère les bouteilles de Ruinart vides et retrouve son canapé. Il a encore quelques trucs à apprendre de la vie.

Jamais il ne s'est senti aussi seul. L'argent, ses collaborateurs, le succès de l'entreprise, rien n'y fait. Quelqu'un lui manque. Quelqu'un qui doit forcément l'attendre quelque part. Une femme comme lui, une baleine sœur qui ne cherche ni à briller ni à renoncer à ses idéaux pour quelques dollars.

LES DÉMONS DE DIMITRI

J'avais totalement oublié Richeville. Cet article sur sa start-up Whale Whale Systems, deux ans après l'*Hirundo*, m'a cloué le bec. Comment un petit con comme lui a pu avoir une idée aussi géniale et fonder une boîte connue jusqu'en Russie ? En plus, ce Frenchy ne connaît rien à l'informatique. Sait-il même quelque chose ? Il a dû s'associer à des gars un peu pointus. Il aurait pu faire appel à moi, le salaud. Quel foutage de gueule ! Il faut que je me renseigne, que je comprenne d'où vient cette gigantesque erreur de casting.

J'achète une baleine. Trois cent cinquante dollars sans le chargeur. C'est pas donné. Je n'ai pas de piscine, alors je la mets dans ma baignoire. Immédiatement elle fait la gueule. On sent qu'elle manque d'espace vital, elle n'arrête pas de se cogner, ce qui a le don de l'agacer. Putain de baleine pour riches programmée pour les villas californiennes ! Le développeur n'a pas pensé à cette éventualité : l'immersion dans une ridicule baignoire russe. Puis le jouet s'immobilise, cherchant une collègue. Tentative visiblement infructueuse puisque aucun son n'est audible. Dépitée, elle recommence à se cogner aux bords comme un psychopathe dans sa cellule d'isolement. Faut dire que trouver une piscine en plein Moscou n'est pas chose facile.

Au bout d'une heure d'observation, j'en ai marre. Je sèche le bestiau et je le dépiaute. À l'intérieur, un micro-ordinateur fonctionnant sous Linux, un moteur, une hélice, quelques capteurs gyroscopiques, une puce 4G, une antenne, un haut-parleur et une caméra. Tiens ? Que vient foutre là cette caméra ? Je relis le bla-bla en anglais de la notice. Il n'est écrit nulle part que ce jouet prend des photos. Je me renseigne sur Internet. Rien. Ce détail m'intrigue. Me voilà avec un os à ronger. Je préviens ma mère que je sors. Je vais acheter plusieurs packs de bière, des biscuits apéro, de quoi tenir en autarcie pendant quelques jours. C'est comme ça que je fonctionne désormais. Je n'accepte des missions que pour les finir rapidement, en mode commando. Je facture deux semaines de travail que j'exécute à raison de quarante heures en deux jours. Lutter contre la fatigue à coups de caféine et d'alcool me motive pour honorer des contrats stupides et répétitifs.

Je dis à ma mère de ne pas me déranger, elle a l'habitude.

Quelques heures me suffisent pour pénétrer le système d'exploitation de la baleine. C'est du standard à peine protégé. Le développeur n'est pas dénué de talent ; son code est propre et élégant. Mais côté sécurité informatique, une vraie bille. Le mot de passe du compte administrateur était « whale ». Fortiche ! Je désassemble son programme. Le code a été écrit par un certain Bob, si j'en crois les commentaires insérés un peu partout. Pas de doute, ce Bob est un pro. Les fonctions sont robustes, écrites avec beaucoup de style et d'originalité, loin des copier-coller que l'on trouve souvent dans les logiciels open-source. De la belle ouvrage. J'aimerais connaître ce gars.

Je découvre que Bob est un petit malin. Dans le code, les cinq prochaines versions de la baleine sont déjà programmées. Visiblement, l'appareil utilise son antenne 4G pour communiquer avec les autres baleines mais aussi pour obéir aux requêtes d'un serveur central basé en Californie. La société peut basculer toutes les baleines du monde entier en version 2.0 en une seule instruction. Bien vu.

Reste à comprendre ce que ces versions futures cachent… Peut-être pourrais-je vendre cette découverte à un réseau underground de pirates ? Bof. Pas de réelles perspectives marchandes. Qui serait intéressé ? Ou alors faire chanter la société Whale Whale Systems en menaçant de révéler le pot aux roses ? Non. Après tout, ce procédé n'est pas interdit, ni même honteux. Juste de l'anticipation. J'imagine que les frais de lancement d'une nouvelle version sont avant tout des frais de marketing, pas de développement.

Je me couche un peu abruti par les seize heures d'écran et la dizaine de bières.

Au réveil, l'idée se fait jour.

Cette putain de caméra, si j'arrivais à prendre le contrôle à distance d'une baleine je pourrais l'utiliser, prendre des photos... Je sors le grand jeu. Analyseur réseau, déchiffrement des communications, modification de la mémoire de l'ordinateur par injection de codes malicieux. En fin d'après-midi, j'ai accès aux commandes du bestiau depuis mon ordinateur. Je la remonte et elle reprend illico la direction de ma baignoire. Ma mère m'interroge.

— Tu vas prendre un bain, poulet ?

Je déteste quand elle m'appelle ainsi.

— Non, maman, je travaille.

— Dans la baignoire ?

— Oui, maman.

— Pourquoi dans la baignoire ?

Et elle passe la tête pour mieux asseoir sa question. Elle voit mon ordinateur portable posé sur le bidet, une baleine en plastique dans la baignoire et un analyseur spectral d'ondes sur le tapis de bain rose. Elle se contente de hocher la tête et esquisse un sourire.

— Quand tu étais enfant, tu jouais avec un petit requin bleu dans ton bain. Ta sœur avait un hippocampe rose, tu t'en souviens ?

— Oui, maman.

Elle sourit.

— Travaille bien, mon fils.

— Merci, maman.

Elle ne pose pas trop de questions. C'est précieux.

Une minute plus tard, une superbe photo sous-marine s'affiche sur mon ordinateur portable. On y voit distinctement la bonde métallique scellant l'orifice de la baignoire. Une belle optique. Ne reste plus qu'à trouver les adresses des autres baleines. Partie facile. Dans le monde des réseaux, les objets connectés de « the Internet of Things » ont tous une adresse internet préprogrammée en usine. Il suffit de trouver la plage d'adresses achetée par Whale Whale Systems.

Bingo !

Je développe ensuite un logiciel « activation de la prise de vues » qui se connecte périodiquement aux baleines du monde entier, l'une après l'autre, pendant leur journée.

Je m'endors en rêvant à tous ces cétacés travaillant pour le génial Dimitri. L'un d'eux a pris une photo de Tasha et de ma sœur. Leurs deux corps flottent dans une piscine et leurs grands yeux tristes semblent dire : « Pourquoi nous as-tu tuées, Dimitri ? Pourquoi n'as-tu rien dit à maman ? »

Le lendemain matin, quatre cent mille photos m'attendent. Je mets une heure à parcourir les mille premières. Elles représentent toutes un mur blanc. Super… J'écris un deuxième programme pour détecter et éliminer automatiquement toutes ces photos inutiles.

À la fin, il ne m'en reste qu'une vingtaine. Des pieds, des mollets, des tubas perdus au fond de l'eau. Résultats très décevants mais, au moins, le concept fonctionne.

Je laisse tourner le logiciel jour et nuit pendant plus de deux mois. Chaque matin, je vais à la pêche aux photos. Des mollets, des pieds, des tubas.

« Avec de la patience, même le bois humide s'embrase », disent les Russes. OK, j'ai tout mon temps.

MAKIKOMI

Le jeudi soir, Saul B. visite sa maîtresse japonaise Makikomi.

Mais ce soir-là, le sénateur républicain accepte une invitation à un gala de charité organisé par le très sélect Hoogard Club, dont il est membre depuis trente-cinq ans. Ce changement inopiné de programme n'a qu'un seul but : donner une leçon à cette petite sotte. Ce soir, il ne l'invitera pas dans le meilleur restaurant de Santa Barbara, ne la sautera pas entre deux verres de bourbon avant de lui offrir un bijou onéreux. Saul B. veut punir sa jeune maîtresse de son insolence. Jeudi dernier, il est venu chez elle accompagné du directeur du fonds de pension Maganorian, l'un des principaux donateurs de sa prochaine campagne électorale. Makikomi, bafouant la tradition ancestrale d'hospitalité de son pays, a refusé de se déshabiller devant cet inconnu et repoussé la demande explicite de son amant. Le directeur, à qui Saul B. avait vanté les prouesses sportives de la Japonaise, a été contrarié dans sa virilité. Les deux hommes ont dû terminer la soirée au Blue Mouse Club, où ils ont finalement trouvé de quoi se contenter. Furieux, Saul B. a promis de se venger. En quarante ans de carrière, personne ne l'a humilié de la sorte.

Il compose son numéro.

— C'est moi.

— Je t'avais reconnu, baby, répond Makikomi de sa voix suave.

— J'ai acheté un solitaire de toute beauté.

— Tu es un amour. Je t'attends. Je me suis acheté des nouveaux dessous que tu vas adorer… Et j'ai mis des bas de soie blancs, comme tu aimes…

— Pas ce soir. Je vais au gala du Hoogard Club.

— Je t'accompagne ?

— Non. Il y aura des journalistes. Ce n'est pas le moment de se faire repérer. Les élections sont dans moins d'un an.

— Tu me rejoins après, alors ?

— Non. La semaine prochaine, peut-être… Si je n'ai pas offert le solitaire à une autre fille d'ici là…

Un silence.

— Tu m'en veux pour la semaine dernière, c'est ça ?

— Tu ne te rends pas compte, Makikomi ! De

quoi j'avais l'air, moi ? Tu sais qui était ce type ? Putain, c'était juste du business ! C'est comme ça que ça fonctionne.

— Je m'en fous, Saul. Tu m'as prise pour une simple pute. Je n'aime pas ça. Si tu veux faire des trucs dégueulasses à plusieurs, appelle des professionnelles.

Pour qui cette fille se prend-elle ? Pense-t-elle sincèrement que Saul B. ne la considère pas comme une escort-girl ? Une pute de luxe ? Très énervé, il met fin à la conversation. Cette fille va trop loin et il décide ce soir-là de ne plus la revoir. Si elle insiste, il en parlera à Mike pour qu'il règle le problème.

Une heure plus tard, son chauffeur le dépose au gala. Il serre une dizaine de mains, s'approche du bar et commande un whisky, un single cask. Puis il la voit. Eva S., l'actrice à la mode dont tout Hollywood se dispute le minois. Elle est seule, étrangement.

Toute la journée, Eva est entourée d'une pléiade de courtisans et de requins : des fans, des professionnels du cinéma, des agents, des arrivistes, des acteurs, des profiteurs, des séducteurs, des concurrentes, des banquiers, des affairistes, des intrigants. Mais, paradoxalement, elle se sent bien solitaire au milieu de cette foule. C'est la très chère rançon de la gloire : se couper du monde pour faire partie du beau monde.

Elle a déjà suffisamment pratiqué ce milieu

pour savoir que, ici, les histoires d'amour n'ont pas cours. Le sexe n'est pas l'accessoire de l'amour mais un instrument de pouvoir et de soumission. Les hommes – ou les femmes – qui l'entourent sans cesse convoitent autant son cul que sa fortune et sa popularité. Le Prince charmant sincère et désintéressé n'existe plus pour celles qui s'affichent en quatre mètres par trois sur les murs du métro. Pour ne pas tomber dans ce piège, elle sait que le seul amour possible viendra d'en haut. D'un homme encore plus connu, encore plus riche, encore plus influent qu'elle. Elle sera alors à son tour celle qui traque le gros poisson dans cette impitoyable chaîne sexuelle de la vie. Aussi ne s'esquive-t-elle pas quand elle voit s'approcher, du pas lent des chasseurs, le célèbre sénateur républicain Saul B.

— Bonsoir, mademoiselle. Vous êtes nouvelle à L.A. ? Il ne me semble pas avoir le plaisir de vous connaître.

L'actrice le regarde de ses grands yeux verts étonnés.

— Vous plaisantez, j'espère ?

— Auriez-vous préféré une phrase du style : « J'aime beaucoup ce que vous faites » ?

Elle sourit. Il vient de marquer un point.

— Vous voyez, j'ai raison. Faisons comme si nous étions tous les deux des anonymes qui se rencontrent à une banale fête de quartier.

Eva pense que, pour lui aussi, la notoriété est

lourde à assumer. Les people ont tous le même fantasme : jouir librement d'une journée, incognito parmi la plèbe. Le bougre a touché une corde sensible.

— Difficile de ne pas connaître le visage de ce cher sénateur qui règne en maître sur Santa Barbara.

— Difficile de ne pas connaître le magnifique visage de cette actrice qui règne en maître sur Hollywood.

Il la prend par le bras, la présente à quelques relations. La soirée est exquise, ponctuée d'excellents vins français millésimés. Saul B. est un homme très cultivé et raffiné quand il s'agit de séduire une nouvelle conquête.

— Comment une femme comme vous peut-elle se trouver seule ici ?

— Je ne suis pas seule. Mon agent traîne du côté du bar. Et puis j'ai une villa sur Moonrise Boulevard.

Le sénateur esquisse un large sourire.

— Je suis ravi de vous avoir pour électrice. Je serai enchanté d'avoir une voix aussi charmante que la vôtre… aux prochaines élections.

Elle lui rend son sourire, déjà tout acquise au charme de ce séducteur. Avec lui, elle est sereine et détendue : il est riche et célèbre, bien loin de ces parasites qu'elle redoute.

Au pire, il ne s'intéresse à elle que pour la baiser. Que peut-elle espérer de plus ? Mais connaître intimement un homme si influent peut toujours servir… Quelques coupes de champagne plus tard, le politicien raccompagne l'actrice à son domicile. Sa voiture restera garée devant le portail jusqu'au lendemain midi.

Saul B. se réveille vers neuf heures. Il regarde cette somptueuse créature endormie nue à ses côtés. Il se dit qu'il l'honorera encore une fois ce matin puis trouvera une excuse pour s'en détacher définitivement. Les élections approchant, il serait malvenu qu'un scandale éclabousse l'image du mari fidèle et pratiquant qu'il a patiemment forgée en quarante ans de carrière. Il préfère les call-girls anonymes : on les paie pour qu'elles se taisent. A contrario, la presse people rémunère les célébrités pour déballer leur vie. Entretenir une relation avec une actrice en vue est beaucoup trop dangereux pour un politicien de son acabit. Il regarde son cul avec un brin de nostalgie : il a vraiment une vie contraignante. Au moins, il pourra toujours se vanter de l'avoir poinçonnée auprès du gouverneur, gros consommateur de starlettes quasi anonymes.

Eva S. ouvre les yeux et lui sourit tendrement. Elle est déjà amoureuse, ou du moins l'espère-t-elle. Ils déjeunent copieusement au bord de la piscine. Il fait déjà chaud. Eva S. veut nager.

— Mais je n'ai pas de maillot !

— On se baignera tout nus, mon prince.

Elle se déshabille en un clin d'œil, plonge,

esquisse quelques mouvements de brasse au ralenti et Saul B. ne peut que constater, une fois encore, la faiblesse de la chair. Il la rejoint et l'enlace par-derrière. Elle glousse, se dégageant mollement.

Soudain, une étrange plainte émerge de l'eau. Saul B. sursaute et découvre une baleine en plastique qui le regarde d'un œil suspect.

— C'est quoi, ce truc ?

— Mon dernier achat. Le modèle de chez Whale Whale Systems. Tu ne connais pas ?

— J'en ai vaguement entendu parler.

— J'adore. C'est une baleine qui communique avec toutes les baleines du quartier. La nuit, j'enfonce ma tête dans l'eau et j'écoute son chant. C'est magnifique.

Saul B., hermétique à cette poésie aquatique, enfonce autre chose dans Eva S.

Elle émet un petit cri de surprise mais se prête volontiers aux assauts libidineux de son amant du jour. Les genoux au fond de l'eau du petit bassin, le sénateur s'agrippe des deux mains aux hanches fermes de l'actrice à quatre pattes devant elle. Elle ferme les yeux. Il saisit ses longs cheveux blonds alourdis par l'eau et tire dessus délicatement. Le menton de la jeune femme décolle légèrement de la surface de l'eau. Elle grimace par réflexe ; c'est une sensation plutôt agréable, un peu de sauvagerie contrôlée de la part d'un homme si courtois et si raffiné.

À cet instant précis, la baleine refait surface, à un mètre du visage de l'actrice, dans un alignement parfait. Personne ne voit ce léger reflet dans son œil, l'ouverture et la fermeture du diaphragme. Au moment où Saul B. s'écroule dans l'eau, libérant dans une grande béatitude son liquide reproducteur, la baleine vient de transmettre trois photos de leurs ébats.

EVA S.

Ce matin, je suis allé relever les filets. Putain de jour béni des dieux !

Sur l'un des clichés, j'ai reconnu l'actrice américaine Eva S. en train de se faire prendre en levrette par un vieux pervers bedonnant dans une piscine. La baleine devait être à moins d'un mètre de l'actrice car on voit bien son visage gémissant, ses tétons qui trempent dans l'eau et le visage du gars derrière, l'air complètement idiot, comme tous les hommes en train de ramoner. Sur une photo, le vieux lui tire même les cheveux et elle grimace. Mort de rire. Les trois clichés sont pris en plein jour, visiblement une grande piscine pour riches.

J'ai mis la photo du gars dans le moteur de recherche d'images. C'est un gros poisson. Un certain Saul B., sénateur républicain américain.

J'ai recherché sur Internet si cette idylle était connue.

« Saul B. Eva S. couple. » Rien.

« Saul B. Eva S. mariage. » Rien.

« Saul B. Eva S. Love Affair. » Rien.

Visiblement, je suis tombé sur du lourd. Du très lourd. L'amant et sa maîtresse. Lui, politicien vertueux incarnant les valeurs traditionnelles des États-Unis d'Amérique (dixit son site web), elle, jeune étoile montante, connue pour ses rôles de sainte-nitouche dans les comédies hollywoodiennes.

Putain de jour béni des dieux !

Je pourrais faire chanter le politicien. Mais c'est risqué. Je ne connais pas ce milieu et n'y ai aucun appui. Je vais plutôt vendre les trois clichés en exclusivité à un journal people américain. Au plus offrant. J'en tirerai au moins deux cent mille dollars.

Une semaine s'écoule.

Le papier sort et trois cent mille dollars sont transférés sur un compte au Panamá.

L'affaire fait grand bruit.

À neuf heures du matin, le quotidien est déjà épuisé. Il est réimprimé dans l'après-midi à deux cent mille exemplaires aussitôt vendus. Quatre jours plus tard, le journal cède – pour un montant inconnu – les droits d'image aux chaînes d'information qui rediffusent ces photos en continu dans le monde entier.

Eva S. s'isole dans son appartement new-yorkais avec ses avocats et attend que l'orage passe. Son conseiller médiatique lui dit que cette affaire donnera d'elle une image de femme vulnérable et désirable, ce qui augmentera sa cote. Effectivement, les semaines suivantes les propositions affluent. Ainsi va le monde.

Pour Saul B., l'affaire est plus délicate. L'appétit sexuel du sénateur – d'un certain nombre de sénateurs d'ailleurs – n'était un secret pour personne. La chose était tue et entendue tant qu'il présentait au peuple américain le visage d'un bon époux, d'un bon père et d'un bon pratiquant. Mais cette fois, sa femme, faussement indignée et parfaitement conseillée, trouve là l'excuse qu'elle attendait pour plaider un divorce juteux. Ses camarades du Parti républicain prennent immédiatement leurs distances par rapport à cet imprudent. Au nom de l'intérêt général, la meute abandonne le loup blessé aux chacals.

En l'espace d'une semaine, son royaume s'écroule. Les médias excitent les ménagères de moins de cinquante ans en le présentant comme un prédateur sexuel, trompant femme et patrie, bafouant religion et honneur et – est-ce le détail de trop ? – amateur de pratiques sadiques, ainsi que le prouve une photo le montrant en train de tirer les cheveux de la pauvre actrice grimaçant de douleur.

Comme il le redoutait, Eva S. vend sa version des faits à une feuille de chou quelques jours plus tard. On parle d'une rémunération à six zéros. Voici ce que déclare en substance la supposée victime : J'avais invité le sénateur chez moi pour discuter d'un projet d'extension de ma villa. Rapidement, il a abusé de ma confiance et de mon hospitalité. Intimidée par son pouvoir, je n'ai pas osé refuser. Ce n'était pas à proprement parler un viol car, sur le moment, je n'y étais pas franchement opposée.

Mais, avec le recul, elle s'avoue manipulée, abusée. Elle, si fragile et si seule dans ce monde machiste. Il sait s'y prendre, vous forcer la main en toute innocence. Un sexe de fer avec une voix de velours. Un manipulateur. Loin du gentleman courtois qu'elle imaginait, le sénateur s'est montré brutal, n'hésitant pas à lui tirer les cheveux tandis qu'il la chevauchait bestialement. « Je ne souhaite ce genre d'expérience à aucune femme », dit la légende de la fameuse photo couleur sépia. L'actrice sort de cet épisode traumatisée, trahie, humiliée, mais fait confiance à sa famille, ses proches, son manager Terry et espère en l'amour de Dieu pour l'aider à remonter la pente. La parfaite victime repentante…

Cet article décuple l'opprobre. Pas besoin de conseillers de haut vol pour comprendre que la carrière politique de Saul B. est foutue. Il ne lui reste qu'à trouver une retraite dorée et à dénicher le putain de coupable. Qui a pris ces photos ? Qui les a vendues à la presse ? Il engage une armée d'avocats. Ils ne mettent pas longtemps à comprendre le rôle de la baleine flottante. Ils la désossent, trouvent la caméra. Ils décortiquent la documentation du produit. Nulle mention de son existence. Aucun avertissement. Aucune mention contractuelle autorisant la prise de photos à distance. Aucune autorisation implicite ou explicite d'exploiter ces photos. Aucun document traitant du respect de la vie privée et des données à caractère personnel. « Whale Whale Systems est dans une putain de merde et va sévèrement passer à la caisse. » La seule consolation de Saul B.

C'est un scandale en cascade. La présence non avouée d'une caméra dans les baleines et la prise à distance de clichés violant l'intimité des clients provoquent un tollé. Par milliers les propriétaires du joujou se retournent furieux vers leurs avocats. Ils réclament l'accès aux photos. La société Whale Whale Systems dément toute utilisation de la caméra mais son discours est inaudible. Si tel est le cas, qui a pris ces clichés ? Pourquoi ne pas avoir signalé la présence d'une caméra et informé les acheteurs des risques encourus ?

Bob analyse les traces du serveur et comprend qu'ils ont été piratés. Quelqu'un a pénétré leur réseau, pris des photos de baleines à distance et exfiltré les fichiers.

Richeville, tétanisé, essaie de se dédouaner. Sans succès. Sa nationalité étrangère ne fait qu'éveiller les soupçons et le joli minois d'Amber ne suffit pas à cacher son inexpérience. Son amateurisme écorne davantage l'image de la société et les clients sont pris de panique. Les femmes redoutent qu'Internet ne les montre adipeuses et boudinées dans leur maillot de bain une pièce délavé. Les jeunes redoutent que leurs parents ne découvrent les orgies aquatiques organisées en leur absence. Tout le monde a un truc à se reprocher : il se passe toujours quelque chose d'inavouable dans une piscine. Une class action est organisée contre Whale Whale Systems. Et c'est le début de la fin…

Le procès a lieu quelques mois plus tard. Tous les avoirs de la société servent à payer les indemnités délirantes des clients et de Saul B. qui, à lui seul, réclame quarante millions de dommages et intérêts. La défense plaide la bonne foi de la société. Les courriers électroniques attestant de la stratégie commerciale sont retrouvés. Les avocats prouvent qu'il était prévu de communiquer sur la présence de la caméra prochainement et que nulle exploitation de photos n'était faite par Whale Whale Systems. L'acte de piraterie est démontré, reconnu et retenu comme circonstance atténuante. La société est accusée de négligence informatique (protection insuffisante des données à caractère personnel) et non de violation volontaire de données privées. Richeville, complètement dépassé par les événements, échappe à la prison et est autorisé à retourner en France : libre mais ruiné financièrement et moralement.

Décidément, il est comme Pinocchio ou Jonas, les histoires de baleines ne lui apportent que des ennuis.

Complètement abattu, il revient habiter dans la vallée de Chantebrie. Chez sa grand-mère, décide-t-il. En vérité, il n'ose pas retourner chez sa mère. Il a raté la chance de sa vie, a perdu sa fortune en deux ans et n'a nulle envie d'affronter le regard sévère de son beau-père investisseur. Il n'a pas eu de chance. Il a pourtant tutoyé le succès, a failli revenir millionnaire. Mais comment expliquer cet échec ? Pour les autres, c'est sûr, il n'est qu'un loser de plus. Le monde des start-up ne brille que par ses réussites.

PARTIE IV

DERNIÈRE SOLITUDE

Souvent sur la montagne, à l'ombre du vieux chêne,
Au coucher du soleil, tristement je m'assieds ;
Je promène au hasard mes regards sur la plaine,
Dont le tableau changeant se déroule à mes pieds.
[...]
Mais à ces doux tableaux mon âme indifférente
N'éprouve devant eux ni charme ni transports ;
Je contemple la terre ainsi qu'une ombre errante :
Le soleil des vivants n'échauffe plus les morts.

Alphonse de LAMARTINE,
L'isolement

LA LIBRAIRE

Ce samedi-là, la libraire décore la vitrine principale de sa boutique avec un filet de pêche et quelques romans classiques de marins : *Moby Dick*, *Le monde du bout du monde*, ainsi que *Le vieil homme et la mer*.

Ce thème s'est imposé à elle la veille au matin alors qu'elle se levait. A-t-elle rêvé d'une croisière sur la Volga ? Est-elle en manque d'aventure ? Songe-t-elle à un lointain et oublié prétendant marin ? La vérité est bien moins romanesque : c'est la poissonnerie de l'autre côté de la rue et le curieux manège qu'elle observe depuis plusieurs jours devant qui, inconsciemment, a fait germer cette idée.

Chaque matin, vers dix heures trente, un jeune homme s'approche, les mains dans les poches. L'air de rien, nonchalamment, il scrute les étals de poissons comme s'il les découvrait. Il fait plusieurs allers-retours sur le trottoir, la démarche souple, énigmatique. À chacun de ses passages devant la porte d'entrée, il jette un œil à l'intérieur, comme pour vérifier si la mère Chaumergue, poissonnière depuis quarante-deux ans et commère depuis sa naissance, surveille bien le magasin. L'homme semble préparer un mauvais coup : il bouge trop pour être honnête. Cette comédie se répète chaque jour depuis deux semaines sans aucun méfait visible.

Ce matin, la libraire veut en avoir le cœur net. Que manigance-t-il ? À quoi rime ce curieux manège ? Elle s'installe donc carrément dans sa vitrine, un poste d'observation avancé, au prétexte de refaire la décoration. « J'espère qu'il ne va pas tarder », se dit-elle en pensant, un peu honteuse, aux filles du quartier rouge d'Amsterdam qui s'affichent, comme elle, dans une vitrine. « J'espère que M. Dalmas ne passera pas. »

Elle n'aime pas ce client. Sa façon de la regarder lui donne la fâcheuse impression qu'il parle à ses jambes. D'ailleurs, elle est souvent mal à l'aise avec les hommes et nous pourrions écrire des pages entières sur cette demoiselle qui se réfugie dans les livres. Le problème ne vient pas des hommes (elle admire son père, son frère et les grands auteurs de ce siècle), mais d'elle. Une confiance en soi diminuée par les échecs amoureux répétés et les désillusions d'un système scolaire inadapté aux vrais littéraires. Un système qui l'a cantonnée depuis le collège dans la case des élèves « passables ». Fort heureusement, la grande majorité de sa clientèle est féminine.

Le jeune homme arrive bientôt, ponctuel, regardant droit devant lui. Fébrile, il entame ses rounds d'observation. L'angle de vue est excellent et la libraire suit avec attention ses faits et gestes, avec cette excitation des petites filles espionnant leurs aînés.

Il regarde à la dérobée la mère Chaumergue et détourne précipitamment les yeux pour ne pas croiser son regard. Comme si cette esquive autruchienne le rendait invisible. Drôle de malfrat... La poissonnière, occupée à tricoter un énième bonnet pour son petit-fils, n'a pas encore perçu son manège. Arrivé aux trois quarts de l'étal, là où les maquereaux cèdent la place aux moules et autres crustacés, le jeune homme bombe le torse, inspire, pivote et saisit rapidement dans la glace un objet non identifié qu'il fourre dans la poche gauche de sa veste. Il s'arrête, jauge le silence, regarde à droite et à gauche, dépasse la poissonnerie, traverse la route et ralentit, visiblement rassuré sur son impunité.

Intriguée, la libraire le suit des yeux. Que peut-on voler dans une poissonnerie ? Il n'a tout de même pas fourré une sardine toute visqueuse dans sa poche ?

Le jeune homme s'approche maintenant de la librairie. Elle observe sa progression, inquiète :

l'a-t-il vue espionner ? Va-t-il éliminer le témoin gênant ? Fait-il partie d'un gang de Marseillais prêts à tout pour conserver leur anonymat ?

Il s'arrête devant la vitrine et regarde les livres fraîchement disposés. « Quelle idiote je suis, d'avoir mis des livres de marins ! Forcément, ça l'attire ! » Elle recule doucement une jambe mais le jeune homme aperçoit le mouvement et sursaute. Bêtement elle lui sourit, mue par le réflexe de celle prise en flagrant délit. Il recule de trois pas et entre dans la boutique.

— Vous m'avez fait peur ! Je vous avais prise pour un mannequin en plastique…

La libraire se déhanche, sort de la vitrine et enjambe la marche. Elle est grande, blonde, les yeux bleu-gris. Tailleur et talons hauts. Il ravale sa salive et murmure :

— En fait, vous pourriez vraiment être un mannequin…

La libraire sourit, émue par la touchante sincérité du compliment. Ils doivent avoir à peu près le même âge, mais son regard à lui est celui d'un enfant perdu. Est-il intimidé par sa beauté ? En voilà un qui ne déboule pas en terrain conquis, en tout cas.

— Vous cherchez un livre en particulier ? demande-t-elle pour se donner une contenance.

— Non, je regardais en passant vos romans sur les marins. J'aime beaucoup ces trois livres. Les baleines, les poissons…

— Oui, j'ai cru comprendre !

— Comment ça ?

Elle déglutit. Et puis zut ! La curiosité l'emporte sur la gêne.

— C'est-à-dire, j'étais dans la vitrine tout à l'heure, quand vous êtes passé devant la poissonnerie… J'ai cru voir…

Elle éclate de rire.

— Non, c'est trop bête ! J'ai eu l'impression que vous voliez un poisson pour le mettre dans votre poche !

Le jeune homme regarde la libraire, embarrassé. Silence. Elle a soudain très peur : fait-il réellement partie du clan des Marseillais ? Est-elle tombée sur un déséquilibré kleptomane mareyeur ? (Les plus dangereux, si l'on en croit l'anthologie des psychopathes polymorphes de Carlos José Miguel Pilar-Pilar González de Benitez.) Sans mot dire, il plonge sa main dans la poche gauche de sa veste (elle frissonne de peur de voir apparaître un pistolet – ou pire, une sardine gluante) et en ressort, délicatement, un petit crabe.

— C'est un crabe, confirme-t-il.

La bestiole est vivante. Déjà elle essaie de faire le tour de la paume pour trouver une issue.

— Vous volez des crabes ? lâche-t-elle, incrédule.

— Je ne les vole pas. Je les sauve.

— Ça n'a pas l'air…

— Je ne supporte pas l'idée que l'on tue des poissons ou des crustacés. Pour les poissons, je ne peux rien faire. Ils meurent sur le bateau de pêche. Mais les crabes arrivent ici encore vivants. Alors, à ma petite échelle, je tente de les sauver. Je me suis dit que si je volais un crabe par jour, à la fin de l'année ça en ferait beaucoup. Et au bout de dix ans, encore plus.

La libraire, perplexe, sourit.

— « L'homme qui sauvait des crabes » ! Bravo, vous pourriez écrire une nouvelle pour le *Reader's Digest* ; Giono l'a fait avant vous avec son histoire d'arbres…

— Ne vous moquez pas, répond-il sérieusement, presque vexé.

— Et vous en faites quoi, de ces crabes ?

— Je les mets dans une baignoire située à l'étage. Ma grand-mère n'y monte plus depuis longtemps ; on se sert de la douche au rez-de-chaussée. Et j'ai décidé qu'une fois par mois je prendrais ma voiture pour les relâcher à la mer.

Le sourcil gauche de la libraire se soulève d'un centimètre.

— Vous allez faire quatre cents kilomètres pour libérer des crabes ?

— J'en profiterai pour voir l'océan. Ça fait du bien, vous savez. C'est reposant. Les vagues, les rochers, la marée, le silence, la solitude…

Il regarde maintenant ses pieds.

La libraire ne rigole plus du tout. Ce jeune

homme rayonne d'une sensibilité et d'une douceur extraordinaires. Tout le contraire des affreux machos qu'elle a pu connaître. Ce garçon-là est différent, cela saute aux yeux. On ne peut pas sauver des crabes et hurler devant la télé pour encourager un gars en short qui court après un ballon.

— Vous êtes nouveau au village ?

— Oui, je m'appelle Richeville. Je loge chez ma grand-mère, cela fait deux semaines environ.

— En vacances ?

— Pas exactement… Disons que…

— C'est compliqué ? dit-elle face à sa moue embarrassée.

— Oui, assez. Mais je reviendrai vous voir.

Et, pour éviter toute ambiguïté, il ajoute : « J'adore lire. »

Il regarde la vitrine puis ses pieds.

— Vous ne direz rien à la poissonnière ?

Elle pouffe.

— Mme Chaumergue ? Oh non. Ne vous inquiétez pas.

Puis, plus doucement en se rapprochant de lui :

— C'est une bonne cliente mais cela restera notre secret.

Le visage de Richeville s'illumine.

— Merci. Vous savez, je ne suis pas un voleur. Si je fais cela c'est que…

— Oui ?

— Non rien. C'est trop compliqué à expliquer.

La libraire l'observe. Elle le devine incapable de tenter quoi que ce soit. Si elle veut connaître son histoire, elle devra surmonter sa propre timidité et prendre l'initiative.

— J'adore les histoires complexes ! En plus, j'aimerais bien connaître la raison halieutique de vos méfaits. Je suis une grosse curieuse. Je termine à dix-neuf heures ce soir, vous êtes libre ? Nous pourrions peut-être prendre un verre ou dîner ensemble ?

Richeville regarde la belle libraire, étonné. C'est bien la première fois qu'une jolie femme l'invite au restaurant. Mais le courant passe. Curieuse alchimie que celle des premières rencontres. Parfois, un simple regard suffit pour reconnaître l'évidence. Il ose :

— D'accord. Je m'occupe de la réservation et passe vous chercher à la fermeture.

Sur ce, il se sauve. Le crabe commençait sans doute à s'agiter dans sa poche…

Il retient une table dans l'unique restaurant de la ville. Nappes à carreaux rouges et blancs sur de vieilles tables en bois, rideaux en dentelle aux fenêtres et cuisine locale roborative : beaucoup moins classe que la Tour d'Argent, mais beaucoup plus présentable qu'un relais de routiers.

La patronne, une grosse dame avec un curieux

tablier orné d'un sapin affublé de poires, les installe à une table bancale près du comptoir. La libraire commande des lasagnes à la carotte, lui une quiche aux poireaux et, pour attendre, ils partageront une entrée.

Ils sont les seuls clients et l'objet de toutes les attentions. La patronne tourne autour d'eux pire qu'une guêpe : « Je vous apporte du pain », « Tenez, une carafe d'eau », « Tout va bien ? ». Entre deux interruptions, elle rejoint le bar, à trois mètres, et lit le journal. Une ambiance pas franchement intime, que seul un pichet de vin blanc réchauffe. Dès le deuxième verre, les jeunes gens, un brin angoissés par la situation, se détendent. Richeville se lance.

— J'ai tué une baleine. J'en fais encore des cauchemars. C'est pour cela que je libère les crabes. Une sorte de dette à payer à Poséidon.

La libraire ouvre des yeux ronds.

— Comment ça ? Je pensais que la chasse aux baleines était interdite ?

Il raconte alors ses aventures à bord de l'*Hirundo*. Lui, jeune matelot embarqué sur un coup de tête, la recherche d'une dangereuse baleine mutante qu'il fallait à tout prix liquider, le ratissage de l'océan Pacifique au large de l'Alaska pendant des semaines avant de la localiser, le meurtre.

La libraire le dévore de ses yeux bleu-gris : ce n'est pas tous les jours qu'on mange avec le capitaine Achab. Ni même avec un mousse. Elle trouve l'histoire épatante. Ils ont entamé le second pichet, terminé la salade d'avocats sans crevettes et décident de se tutoyer.

— C'est le pompon ! Toi qui ne supportes pas que l'on tue des crabes, ça ne t'a rien fait de tuer une baleine ?

Il s'en étouffe presque.

— Ç'a été un drame ! Je te l'ai dit, j'en fais des cauchemars. Je n'étais pas au courant, personne ne m'a parlé du véritable objectif de la mission.

Elle opine, le rassure. Elle ne l'imagine pas une seconde s'engager comme mercenaire aquatique sanguinaire. C'est à ce moment-là qu'elle lui prend la main. Un geste d'empathie. Comme elle l'aurait fait avec sa meilleure copine en train de lui raconter les dernières crasses de son fiancé.

Richeville ne retire pas sa main, mais ne profite pas non plus de la situation. Tous deux restent pensifs, à méditer sur la cruauté des hommes.

Puis elle libère sa main pour qu'il finisse sa quiche. Ils commandent des îles flottantes. Le second pichet est bu. Personne ne semble vouloir partir.

La patronne revient vers eux.

— Je vous offre une tisane. Vous avez l'air tellement bien chez moi !

— Merci, madame, c'est très gentil.

Elle se tourne vers Richeville, qu'elle fixe longuement :

— Vous êtes nouveau dans la région ?

— Je suis en vacances chez ma grand-mère.

— Je la connais peut-être si ça se trouve ?

— Probablement, elle habite à La Trissetoire. Elle est très âgée maintenant.

— Oui, je vois qui c'est. Effectivement, elle est bien âgée. Elle ne vient plus trop en ville d'ailleurs. Mais il y a quelques années elle s'asseyait souvent sur le banc de la grand-place. Pour nourrir les pigeons.

La femme au tablier orné d'un sapin affublé de poires se lève brusquement, encaisse, dévisage une dernière fois Richeville puis regagne sa cuisine.

En sortant du restaurant, la libraire le remercie. Ils se regardent en silence. Il est trop tôt pour un premier baiser. Ne pas gâcher cette folle espérance. Jouir de cette attente, profiter de ces instants de grâce où le cœur et la tête ne sont pas encore d'accord. Laisser le temps les envelopper délicatement et tisser leur histoire à la façon d'un cocon de soie.

La jeune femme n'en est pas à son premier flirt et a un pressentiment. Richeville a souffert. Son instinct féminin lui recommande de persévérer, d'essayer de comprendre sa blessure et de la panser. Elle, d'habitude plutôt timide et réservée avec les hommes, se sent sereine avec son mousse ; elle se découvre même entreprenante.

— Richeville, je… j'aime bien discuter avec toi. Si un jour tu libères les crabes, je veux bien t'accompagner.

Richeville la regarde. Dans la nuit, le gris de ses prunelles n'est plus perceptible mais elle reste très belle. Il lève la tête, voit que les étoiles brillent très fort. Et si c'était elle ?

— Demain matin, départ huit heures. Si tu veux.

— Je veux.

LES CRABES

Richeville choisit Porspoder, à l'extrémité de la pointe nord-ouest de la Bretagne, pour libérer sa cargaison. Ils arrivent en début d'après-midi. La plage est déserte. Le ciel, très chargé, réduit l'horizon. Le lieu et le moment idéal pour sauver la planète : juste avant l'apocalypse. Dans le coffre de la voiture, deux seaux en plastique remplis de crabes.

Richeville en attrape un, choisit l'endroit adéquat et déverse délicatement le contenu. Les crustacés, avides de liberté et un peu chamboulés tout de même après cet aller-retour inopiné dans les terres, grouillent en tous sens, exprimant de la sorte une reconnaissance éternelle à leur sauveur.

Richeville déverse le second lot un peu plus loin, au milieu des rochers.

— Tu risques de séparer la mère de ses petits…

Il prend un air contrit.

— Tu crois ?

Elle s'en amuse.

— Je plaisante. Ils se retrouveront bien ! Fais confiance à la nature.

Les crustacés s'accommodent visiblement de leur nouvelle liberté. Chacun fouille son bout de territoire à la recherche d'un coin d'ombre humide et désert. En quelques minutes, ils ont tous disparu ; seuls les deux seaux rouges attestent de l'expédition salvatrice. Richeville et la libraire restent quelques minutes à contempler l'océan. Tous les ingrédients d'un dénouement romantique semblent réunis : la beauté de leur geste (en sauvant des crustacés ils sauvent symboliquement un bout de l'humanité), la majesté du paysage et le ciel traversé de mouettes rieuses qui planent lascivement.

Mais non. La marée, l'orage et la faim menaçant ils décident d'aller déjeuner à Lesneven dans une crêperie. À peine ont-ils atteint la place principale, une pluie torrentielle s'abat sur eux. En l'espace d'une minute, ils sont trempés de la tête aux pieds et courent chercher refuge. Un homme jovial ouvre la porte de son commerce.

— Bienvenue dans la librairie la plus à l'ouest de France : la dernière librairie avant New York !

Sans le vouloir, ils sont rentrés chez un confrère de la jeune femme.

— Nous sommes trempés, j'espère que nous

n'allons pas mouiller les livres, s'excuse Richeville.

L'homme les aide à ôter leur veste.

— Ce n'est pas la première fois que j'abrite des touristes trempés, ne vous inquiétez pas. Ici, il pleut souvent. Je vous offre un thé ? Un café ?

Ils se sèchent autour d'un thé à la bergamote. Les murs sentent bon les livres, l'océan et la passion. Le propriétaire leur raconte en quelques mots l'histoire incroyable de sa librairie créée par un cul-de-jatte centenaire. La jeune femme, tout à fait à son aise, lui demande :

— Je cherche un roman sur les crabes, vous avez ?

Le libraire remet en place ses lunettes.

— Ce n'est pas banal… Vous avez le très bon *En crabe*, de Günter Grass, mais ça ne parle pas de crustacés. Sinon, au rayon cuisine ?

— Surtout pas ! s'exclame-t-elle, amusée.

Le libraire consulte son vieil ordinateur.

— *Le crabe-tambour*, *Le crabe aux pinces d'or* ; non je ne vois pas. Ah si. Peut-être celui-ci.

Il farfouille dans les rayons pour revenir avec un vieil ouvrage de grande dimension à la couverture en cuir rouge.

— Voici *L'encyclopédie universelle des crustacés décapodes* de Carlos José Miguel Pilar-Pilar González de Benitez. Une référence dans le domaine. Pour chacune des trois mille cinq cents espèces de crabe, elle fournit des anecdotes, des dessins et une foule de détails éthologiques. C'est passionnant.

— Pour qui est passionné par les crabes…

— Oui, sinon les cinq mille pages sont un peu indigestes. J'avoue que je ne l'ai pas lue entièrement, conclut le libraire avec un clin d'œil.

— C'est un beau livre, dit Richeville en le soupesant.

Il ouvre une page au hasard.

— Tiens ! Savais-tu que l'emerita est aussi appelé le « crabe-taupe » ?

La libraire sourit à son confrère et explique :

— Nous venons de la vallée de Chantebrie avec des seaux de crabes pour les libérer ici.

— Il y a des crabes dans la vallée de Chantebrie ?

Mutine, elle pose son index sur ses lèvres.

— Chut. Opération top secrète. Nous sommes ici en service commandé.

L'homme regarde ses deux visiteurs pardessus ses lunettes.

— C'est un livre très rare. Je l'ai en stock depuis des années. Pour trente euros, il est à vous. Vous m'avez conquis avec votre Front de libération des crabes de la vallée.

Sur le chemin du retour, Richeville se confie :

— Merci de m'avoir accompagné… Ces petites expéditions comptent beaucoup pour moi. Et merci pour ce superbe ouvrage de référence !

Il est splendide. Très sympa, ce libraire. J'étais pourtant déjà venu à Lesneven mais je n'étais jamais rentré dans cette « dernière librairie avant la fin du monde ».

La libraire repousse nerveusement une mèche blonde. Ce n'est pas le moment de parler de fin du monde, pas aujourd'hui, pas ici, pas après cette formidable journée qui en annonce plein d'autres. Effleurée par un mauvais pressentiment, elle le corrige rapidement :

— Non, pas la fin du monde ! C'est la « dernière librairie avant New York ».

— Ah oui, fin du monde, Nouveau Monde, j'ai confondu.

Elle le regarde conduire et le trouve beau. Elle se dit qu'elle accompagnerait bien ce drôle de mousse partout, même au bout du monde s'il le fallait.

Voilà.

Cela ressemble au début de quelque chose d'important.

AGENT 34

Le téléphone sonne et réveille Eduardo en pleine sieste brésilienne.

— Eduardo ?

— Lui-même.

Il met un moment à reconnaître la voix de son interlocutrice.

— Agent 34 ?

— Cela fait des années que l'on ne m'a plus appelée ainsi, plaisante la femme en réajustant son tablier orné d'un sapin affublé de poires. Tu as toujours la même voix, vieux brigand. Ça fait combien de temps ? Quinze ans ? Vingt ans ?

— Dix-huit ans, ma belle. Ravi que tu te souviennes de tes anciens camarades.

— J'ai toujours ce tatouage à la cheville, tu me l'avais fait dans cette chambre d'hôtel de São Paulo, le jour du séminaire…

— Les tatouages et les mutations sont éternels, souviens-toi.

— Tu le disais à toutes les jeunes filles, mon salaud.

— Les choses ont bien changé en vingt ans, tu sais.

— C'est ce que je me dis tous les jours en attendant ton coup de fil, espèce de mufle.

— Je travaille toujours à l'institut, je n'ai pas une minute à moi. Et toi ? Tu as toujours le restaurant que t'avait offert Álvarez ?

— Oui. Le vendredi c'est cuisses de grenouille. Si un jour tu veux passer...

Eduardo rit brièvement.

— Si un jour je reviens en France, je te promets de passer. Mais dis-moi, tu ne me réveilles pas en pleine sieste pour m'inviter à manger des grenouilles quand même ?

— Non, hier soir au restaurant j'ai entendu un jeune homme parler de l'institut à une jeune femme. Une histoire de chasse à la baleine. Ça m'a semblé bizarre, je préfère t'avertir.

— Tu as bien fait. Il était comment ce jeune homme ?

— Brun, frisé, dans les un mètre soixante-dix.

— Richeville ! Il a participé à une mission classifiée S1 il y a quelque temps.

— S1 ? Et comment ose-t-il en parler en public ?

— Il ne faisait pas vraiment partie du Samaritano. C'était une sorte de stagiaire. Il n'a pas été briefé sur les activités de l'institut ni sur le code, si tu vois ce que je veux dire.

— Oui, très bien. Mais tu ne peux pas le laisser parler comme ça à n'importe qui des missions d'Álvarez ! Il va finir par tous vous faire griller.

— Je suis bien d'accord, ma belle.

Eduardo réfléchit.

— Tu as toujours ton joujou autrichien ?

— Celui qui me fait vibrer ?

Mais Eduardo ne plaisante plus.

— Tu te souviens du code C4 ?

— Bien sûr. Tu peux compter sur moi. Le tatouage…

— Oui, le tatouage. Merci d'avoir appelé. Rappelle-moi quand ce sera fait.

La femme au tablier orné d'un sapin affublé de poires raccroche le combiné, les yeux brillants. Enfin de l'action. Enfin quelque chose qui la change des sauces bourguignonnes, des œufs mimosa et des conversations avec Yvonne et sa boucherie sur le pont.

THÉBAÏDE

Richeville se lève quelques minutes avant que le réveil sonne. Il prend une douche et descend, comme chaque matin, déjeuner avec sa grand-mère. Dans la cuisine il branche la machine à café et s'assoit. Il aime bien observer la percolation, le goutte-à-goutte lent et odorant. Sa grand-mère occupe déjà son fauteuil. Elle le regarde une poignée de secondes, esquisse un sourire et replonge dans sa lecture.

— Tu as bonne mine, mon garçon.

— Je n'ai pas fermé l'œil de la nuit, mamie.

— Oui, je sais, je t'ai entendu te tourner et te retourner comme une toupie. Mais tu as bonne mine.

— Merci.

— M'étonnerait pas qu'il y ait de la sorcellerie dans l'air, murmure-t-elle.

Richeville rougit. Il inspire un grand coup et tourne le dos à sa grand-mère.

— J'ai rencontré une fille, mamie. Très

gentille. Hier je suis allé avec elle voir l'océan. Elle me plaît beaucoup. On a rendez-vous ce matin.

— Je m'en doutais ! dit la vieille dame, radieuse. Elle est du coin ?

— Elle a repris la librairie il y a trois ans. Mais elle vient de Paris.

— Humm. C'est pas la petite-fille au Roger ?

— Non, elle n'est pas d'ici.

— C'est pas la fille de la Catherine au moins ?

— Non, je te dis qu'elle n'est pas née ici.

Cette réponse contrarie l'ancêtre.

— Elle est très gentille. J'aimerais bien l'inviter à déjeuner ici pour te la présenter. Jeudi midi peut-être ?

La vieille ne répond pas. Elle réfléchit déjà au plat qu'elle va cuisiner. Une daube ou un pot-au-feu ? Les deux sont possibles. Mais lequel réussit-elle le mieux ? Richeville se méprend sur la raison de ce silence.

— Je ferai la cuisine, mamie.

— Non mais, et puis quoi encore ! répond-elle vexée. J'ai encore toute ma tête, je peux préparer un repas à la fiancée de mon petit-fils ! Finis de préparer le café au lieu de raconter des bêtises.

Elle s'anime.

— Je ferai du pot-au-feu. Tu iras chez le boucher m'acheter un beau morceau de paleron. C'est ce qu'il faut pour le pot-au-feu. Il me reste les légumes. Sauf peut-être du rutabaga. Tu iras en chercher un gros, ça donne du goût. Et tu iras aussi prendre une bouteille cachetée à la cave. Dans la réserve de ton grand-père. Prends celle qui te fait plaisir, je ne bois plus. Et tu sortiras le service du mariage, tiens. Ça fait tellement longtemps.

Elle a dit tout cela très lentement, comme pour en savourer chaque mot. Puis elle fait une moue satisfaite et triture la couverture de son livre sans l'ouvrir.

Richeville s'approche du fauteuil et embrasse sa grand-mère sur le front.

La librairie est fermée le lundi, mais ils se sont tout de même donné rendez-vous là-bas, vers dix heures. Il a toujours rêvé de visiter une librairie la nuit. Peut-être osera-t-il lui en parler ? Hier soir, en rentrant chez lui, il a repensé au berger du Lubéron de Daudet. Enfin une étoile, la plus fine, la plus brillante, a rejoint sa route. Qu'il est content ! Ce matin, il lui racontera cette histoire. C'est important de partager sa joie. Peut-être même qu'il lui offrira *Les lettres de mon moulin*. Oui, bonne idée d'offrir un livre à une libraire.

À neuf heures trente, il sort dans le jardin changer la gamelle du chien. Il nc sait pas que la libraire l'attend déjà. Au prétexte de ranger quelques livres, elle a levé le rideau bien plus tôt.

À trois cent cinquante mètres de là, allongée dans l'herbe, l'agent 34 retient son souffle. Son fusil de sniper autrichien Steyr SSG 08 à silencieux bien ajusté contre son épaule, elle attend le moment idéal. Elle cale son œil devant la lunette.

— Vas-y, mon coco, avance encore un peu, murmure-t-elle.

Richeville fait un pas. L'esprit ailleurs, il ne remarque pas la branche de noisetier près de l'éborgner. Il baisse la tête au dernier moment et se souvient qu'enfant il taillait son arc et ses flèches dans un noisetier comme celui-là. « Cela aurait été cocasse de me faire embrocher par cet arbre ! songe-t-il. De toute façon, Cupidon m'a déjà transpercé de sa flèche ! »

Il pose sa main droite sur son cœur comme pour sentir la plaie encore vive, songe à la journée de la veille et sourit.

— Pas deux flèches deux jours de suite.

— Allez, encore un pas, petit.

Richeville contourne la branche et cherche du regard le labrador. Pourquoi le chien n'est-il pas dehors comme d'habitude ?

« Ce n'est pas normal, pense-t-il, où peut-il être ? »

Mais aucune idée ne lui traverse l'esprit, seulement une balle de calibre 7.62.

Il pivote lentement, s'écroule dans l'herbe. Le temps de chuter, il distingue le chien allongé sous les cyprès. Tranquille, un trou rouge au côté droit. C'est sa dernière image. Sa fin du monde. Il émet une sourde plainte que nul ne peut entendre et tout est terminé. « L'océan est vaste, mais leur chant porte loin. »

Dans la librairie, un insecte pique la cheville de la jeune femme. Elle l'écrase d'une claque et constate qu'un petit point rouge marque sa peau. Agacée, elle la frotte avec un peu de salive du bout des doigts. Mais que fait Richeville ? Pourquoi n'est-il pas là ? Bizarrement, elle s'inquiète. Il n'est pourtant que neuf heures cinquante-deux.

Au même moment, en Californie, juste avant de s'endormir, Shelby repense à ce jeune Frenchy et en conçoit quelques regrets. À Moscou, Dimitri se réveille en sursaut de sa sieste : il vient de voir sa défunte sœur et Richeville, enlacés dans une piscine, se moquant ouvertement de lui. Eduardo, au Brésil, entr'aperçoit dans un demi-sommeil le visage du mousse et comprend que l'opération C4 s'est bien déroulée.

C'est ainsi. À l'instant précis où Richeville touche le sol, une multitude de personnes pensent à lui. Comme si sa mort avait secoué d'une onde tellurique les êtres croisés aux quatre coins du globe durant sa courte et discrète vie.

L'enterrement a lieu cinq jours plus tard. Il y a foule pour lui rendre hommage.

Au premier rang sa mère et sa grand-mère, soutenue par la belle libraire vêtue entièrement de noir. Derrière, son beau-père, ses demi-frères, ses oncles, tantes et quelques cousins éloignés qui ont fait le chemin jusque dans la vallée de Chantebrie en prenant le train de sept heures vingt-six. Plus loin, des dizaines de camarades de promotion, costume sombre et cravate noire. Ils ont tous, l'espace d'une journée, délaissé leur ambition pour accompagner une dernière fois leur copain Richeville. Les geeks admirateurs de Whale Whale Systems sont là aussi : les membres du fan-club français des baleines robots et quelques jeunes entrepreneurs pour qui Richeville était un exemple et qui se sont donné le mot sur les réseaux sociaux, quelques heures à peine après sa mort. Bob, Amber et Shelby ont également répondu présent à l'invisible appel de leur ancien et estimé patron. Shelby pleure en américain. Jérôme, le gars du Corporate Development qui a accouché de l'idée, assiste aussi à l'enterrement.

Un représentant moustachu du Samaritano Institute of Research a apporté une large couronne au nom de ses collègues marins de l'*Hirundo* et marche pieds nus. Marc, venu en voisin, lui reproche brièvement son manque de respect vestimentaire :

— Pour une fois, tu aurais au moins pu mettre des mocassins noirs.

— Je ne supporte plus les chaussures, j'ai l'impression d'étouffer des pieds, lui répond l'autre à voix basse.

Dans un sanglot, Shelby fait tomber son mouchoir par inadvertance et Marc le ramasse avec un triste sourire désabusé.

La dame au curieux tablier orné d'un sapin affublé de poires participe à l'événement la larme à l'œil.

— Un si beau couple. Ils étaient venus dîner chez moi l'avant-veille du drame. Il avait pris une quiche aux poireaux et elle des lasagnes à la carotte..., raconte-t-elle au moustachu. Je m'en souviens, car je n'avais plus qu'une part de quiche, et je me suis dit qu'il fallait que je mette moins de sel la prochaine fois...

À l'arrière de la procession, ses anciens professeurs exagèrent maintenant les prouesses scolaires du défunt : « Les gamins d'aujourd'hui ne sont plus aussi courageux face à l'effort », tandis qu'une foule d'anonymes qui ne connaissent la grand-mère et le jeune homme que par ouï-dire chuchotent : « Il paraît qu'il a trempé dans l'histoire de la piscine d'Eva S. », « Oh ! Vous croyez qu'il a couché avec elle ? », « Vous savez, dans ce milieu... ». Des villageois aimantés par ce soudain malheur, les amis du beau-père, des notables venus pour exprimer leurs condoléances s'agglutinent parmi eux. Un homme aux yeux vairons ramasse un caillou sur le chemin. Le grand maître de la confrérie des Chantebriens de l'Adret est venu, incognito, témoigner sa sympathie au beau-père : « De viris », lui murmure-t-il en le croisant.

Des curieux, ceux pour qui cette balle perdue kennedyenne n'explique pas tout et qui ont mille versions alternatives à raconter aux gendarmes, profitent de l'occasion. La mère Chaumergue explique à sa voisine de cortège que le défunt venait chaque jour lui voler un minuscule crabe, que c'était leur jeu du chat et de la souris à eux et que cela va bien lui manquer. Des petits vieux désœuvrés qui, exceptionnellement, n'assistent pas à l'enterrement d'un camarade, répètent inlassablement : « Ah ben, pour une fois que c'est pas un de la classe 1916. »

On trouve même dans l'assistance quelques personnes attirées ici par un mystérieux sixième sens et qui ne connaissent même pas le prénom du défunt.

Bourdonnant et vibrant, le sombre cortège s'avance lentement dans les allées du cimetière.

On raconte beaucoup de choses sur cette histoire.

On raconte que chaque jour, au petit matin, une jeune femme vient déposer un crabe sur la tombe de Richeville.

On raconte que chaque nuit, quand Orion apparaît, une sourde plainte monte de l'allée cinquante-deux pour mourir dans les étoiles.

On raconte que le fantôme de Richeville rôde dans sa thébaïde, ombre orpheline et froide.

On raconte que son esprit hante les lieux à la recherche de son âme sœur.

FIN

LIGNES DE SUITE

Jorge Luis Borges imagine une bibliothèque infinie où seraient rangés tous les livres possibles et imaginables, écrits ou à venir. Un vaste bestiaire composé de toutes les combinaisons de lettres possibles, d'où jailliraient fortuitement des ouvrages de toute langue et de toute époque.

Dans ce champ des possibles, il existe une infinité de variations autour de « la baleine thébaïde ».

Parmi ces multiples variantes, je n'en ai écrit qu'une poignée. Et, dans ce chapelet d'histoires rédigées, une seule a été imprimée ; celle que vous venez de lire.

Quel gâchis !

Je suis nostalgique de toutes ces histoires qui ne verront jamais le jour. J'avais imaginé de grandes choses pour Richeville. Dans l'une des variantes, lui et sa libraire s'étaient extirpés de la vallée de Chantebrie pour vivre une belle idylle. Dans une autre version, ils mouraient tous les deux, et leurs âmes, telles deux baleines invisibles, s'appelaient dans l'infini éther sans se trouver.

Et puis toutes ces idées folles comme ce texte où Richeville rejoint le Samaritano Institute sans qu'aucune femme ne vienne troubler sa solitude, ou bien celle où Richeville et Dimitri ne font qu'un et se vengent sur une start-up qui n'est pas la leur. Celle où la libraire avait un prénom, celle où elle n'était pas libraire et celle où elle vivait chez un oncle qui ramassait des cailloux...

Parfois, dans la torpeur digestive d'un salon du livre, je contemple autour de moi le nombre de romans et j'imagine les infinies variantes abandonnées, orphelines, mort-nées qui peuplent l'imagination fertile de mes camarades écrivains.

Alors je vois ces histoires-zombies qui s'extirpent de leur sépulture de papier, s'approchent, s'agglutinent autour de moi et me demandent les raisons de leur infortune. Je les console et leur raconte Daudet : qu'un jour, une étoile ayant perdu sa route viendra se poser sur leur épaule pour écouter doucement leur histoire.

« Ma solitude se console à cet élégant espoir. »

PIERRE RAUFAST

DU MÊME AUTEUR

Chez Alma éditeur

HABEMUS PIRATAM, 2018

LA BALEINE THÉBAÏDE, 2017 (Folio n° 6529)

LA VARIANTE CHILIENNE, 2015 (Folio n° 6373)

LA FRACTALE DES RAVIOLIS, 2014 (Folio n° 5990)

COLLECTION FOLIO

Dernières parutions

6305. Henry David Thoreau	*De la simplicité !*
6306. Érasme	*Complainte de la paix*
6307. Vincent Delecroix/ Philippe Forest	*Le deuil. Entre le chagrin et le néant*
6308. Olivier Bourdeaut	*En attendant Bojangles*
6309. Astrid Éliard	*Danser*
6310. Romain Gary	*Le Vin des morts*
6311. Ernest Hemingway	*Les aventures de Nick Adams*
6312. Ernest Hemingway	*Un chat sous la pluie*
6313. Vénus Khoury-Ghata	*La femme qui ne savait pas garder les hommes*
6314. Camille Laurens	*Celle que vous croyez*
6315. Agnès Mathieu-Daudé	*Un marin chilien*
6316. Alice McDermott	*Somenone*
6317. Marisha Pessl	*Intérieur nuit*
6318. Mario Vargas Llosa	*Le héros discret*
6319. Emmanuel Bove	*Bécon-les-Bruyères* suivi du *Retour de l'enfant*
6320. Dashiell Hammett	*Tulip*
6321. Stendhal	*L'abbesse de Castro*
6322. Marie-Catherine Hecquet	*Histoire d'une jeune fille sauvage trouvée dans les bois à l'âge de dix ans*
6323. Gustave Flaubert	*Le Dictionnaire des idées reçues*
6324. F. Scott Fitzgerald	*Le réconciliateur* suivi de *Gretchen au bois dormant*
6325. Madame de Staël	*Delphine*
6326. John Green	*Qui es-tu Alaska ?*

6327.	Pierre Assouline	*Golem*
6328.	Alessandro Baricco	*La Jeune Épouse*
6329.	Amélie de Bourbon Parme	*Le secret de l'empereur*
6330.	Dave Eggers	*Le Cercle*
6331.	Tristan Garcia	*7. romans*
6332.	Mambou Aimée Gnali	*L'or des femmes*
6333.	Marie Nimier	*La plage*
6334.	Pajtim Statovci	*Mon chat Yugoslavia*
6335.	Antonio Tabucchi	*Nocturne indien*
6336.	Antonio Tabucchi	*Pour Isabel*
6337.	Iouri Tynianov	*La mort du Vazir-Moukhtar*
6338.	Raphaël Confiant	*Madame St-Clair. Reine de Harlem*
6339.	Fabrice Loi	*Pirates*
6340.	Anthony Trollope	*Les Tours de Barchester*
6341.	Christian Bobin	*L'homme-joie*
6342.	Emmanuel Carrère	*Il est avantageux d'avoir où aller*
6343.	Laurence Cossé	*La Grande Arche*
6344.	Jean-Paul Didierlaurent	*Le reste de leur vie*
6345.	Timothée de Fombelle	*Vango, II. Un prince sans royaume*
6346.	Karl Ove Knausgaard	*Jeune homme, Mon combat III*
6347.	Martin Winckler	*Abraham et fils*
6348.	Paule Constant	*Des chauves-souris, des singes et des hommes*
6349.	Marie Darrieussecq	*Être ici est une splendeur*
6350.	Pierre Deram	*Djibouti*
6351.	Elena Ferrante	*Poupée volée*
6352.	Jean Hatzfeld	*Un papa de sang*
6353.	Anna Hope	*Le chagrin des vivants*
6354.	Eka Kurniawan	*L'homme-tigre*
6355.	Marcus Malte	*Cannisses* suivi de *Far west*
6356.	Yasmina Reza	*Théâtre : Trois versions de la vie / Une pièce espagnole / Le dieu*

	du carnage / Comment vous racontez la partie
6357. Pramoedya Ananta Toer	*La Fille du Rivage. Gadis Pantai*
6358. Sébastien Raizer	*Petit éloge du zen*
6359. Pef	*Petit éloge de lecteurs*
6360. Marcel Aymé	*Traversée de Paris*
6361. Virginia Woolf	*En compagnie de Mrs Dalloway*
6362. Fédor Dostoïevski	*Un petit héros. Extrait de mémoires anonymes*
6363. Léon Tolstoï	*Les Insurgés. Cinq récits sur le tsar et la révolution*
6364. Cioran	*Pensées étranglées* précédé du *Mauvais démiurge*
6365. Saint Augustin	*L'aventure de l'esprit et autres confessions*
6366. Simone Weil	*Pensées sans ordre concernant l'amour de Dieu et autres textes*
6367. Cicéron	*Comme il doit en être entre honnêtes hommes...*
6368. Victor Hugo	*Les Misérables*
6369. Patrick Autréaux	*Dans la vallée des larmes* suivi de *Soigner*
6370. Marcel Aymé	*Les contes du chat perché*
6371. Olivier Cadiot	*Histoire de la littérature récente (tome 1)*
6372. Albert Camus	*Conférences et discours 1936-1958*
6373. Pierre Raufast	*La variante chilienne*
6374. Philip Roth	*Laisser courir*
6375. Jérôme Garcin	*Nos dimanches soir*
6376. Alfred Hayes	*Une jolie fille comme ça*
6377. Hédi Kaddour	*Les Prépondérants*
6378. Jean-Marie Laclavetine	*Et j'ai su que ce trésor était pour moi*
6379. Patrick Lapeyre	*La Splendeur dans l'herbe*

6380. J.M.G. Le Clézio	*Tempête*
6381. Garance Meillon	*Une famille normale*
6382. Benjamin Constant	*Journaux intimes*
6383. Soledad Bravi	*Bart is back*
6384. Stephanie Blake	*Comment sauver son couple en 10 leçons (ou pas)*
6385. Tahar Ben Jelloun	*Le mariage de plaisir*
6386. Didier Blonde	*Leïlah Mahi 1932*
6387. Velibor Čolić	*Manuel d'exil. Comment réussir son exil en trente-cinq leçons*
6388. David Cronenberg	*Consumés*
6389. Éric Fottorino	*Trois jours avec Norman Jail*
6390. René Frégni	*Je me souviens de tous vos rêves*
6391. Jens Christian Grøndahl	*Les Portes de Fer*
6392. Philippe Le Guillou	*Géographies de la mémoire*
6393. Joydeep Roy-Bhattacharya	*Une Antigone à Kandahar*
6394. Jean-Noël Schifano	*Le corps de Naples. Nouvelles chroniques napolitaines*
6395. Truman Capote	*New York, Haïti, Tanger et autres lieux*
6396. Jim Harrison	*La fille du fermier*
6397. J.-K. Huysmans	*La Cathédrale*
6398. Simone de Beauvoir	*Idéalisme moral et réalisme politique*
6399. Paul Baldenberger	*À la place du mort*
6400. Yves Bonnefoy	*L'écharpe rouge* suivi de *Deux scènes et notes conjointes*
6401. Catherine Cusset	*L'autre qu'on adorait*
6402. Elena Ferrante	*Celle qui fuit et celle qui reste. L'amie prodigieuse III*
6403. David Foenkinos	*Le mystère Henri Pick*
6404. Philippe Forest	*Crue*
6405. Jack London	*Croc-Blanc*
6406. Luc Lang	*Au commencement du septième jour*

6407. Luc Lang	*L'autoroute*
6408. Jean Rolin	*Savannah*
6409. Robert Seethaler	*Une vie entière*
6410. François Sureau	*Le chemin des morts*
6411. Emmanuel Villin	*Sporting Club*
6412. Léon-Paul Fargue	*Mon quartier et autres lieux parisiens*
6413. Washington Irving	*La Légende de Sleepy Hollow*
6414. Henry James	*Le Motif dans le tapis*
6415. Marivaux	*Arlequin poli par l'amour et autres pièces en un acte*
6417. Vivant Denon	*Point de lendemain*
6418. Stefan Zweig	*Brûlant secret*
6419. Honoré de Balzac	*La Femme abandonnée*
6420. Jules Barbey d'Aurevilly	*Le Rideau cramoisi*
6421. Charles Baudelaire	*La Fanfarlo*
6422. Pierre Loti	*Les Désenchantées*
6423. Stendhal	*Mina de Vanghel*
6424. Virginia Woolf	*Rêves de femmes. Six nouvelles*
6425. Charles Dickens	*Bleak House*
6426. Julian Barnes	*Le fracas du temps*
6427. Tonino Benacquista	*Romanesque*
6428. Pierre Bergounioux	*La Toussaint*
6429. Alain Blottière	*Comment Baptiste est mort*
6430. Guy Boley	*Fils du feu*
6431. Italo Calvino	*Pourquoi lire les classiques*
6432. Françoise Frenkel	*Rien où poser sa tête*
6433. François Garde	*L'effroi*
6434. Franz-Olivier Giesbert	*L'arracheuse de dents*
6435. Scholastique Mukasonga	*Cœur tambour*
6436. Herta Müller	*Dépressions*
6437. Alexandre Postel	*Les deux pigeons*
6438. Patti Smith	*M Train*
6439. Marcel Proust	*Un amour de Swann*
6440. Stefan Zweig	*Lettre d'une inconnue*

Composition Nord compo
Impression Maury Imprimeur
45330 Malesherbes
le 03 août 2018.
Dépôt légal : août 2018.
Numéro d'imprimeur : 229850.

ISBN 978-2-07-275525-5. / Imprimé en France.

325065